10633874

LES POÉSIES

DE

CLOTILDE DE SURVILLE

ÉTUDES NOUVELLES

SUIVIES DE

DOCUMENTS INÉDITS

PAR

M. ANTONIN MACÉ

Professeur d'histoire à la Faculté des lettres
Membre de l'Instruction publique sur les travaux historiques
Chevalier de la Légion d'honneur

GRENOBLE

PRUDHOMME	Librairie du Dauphiné
IMPRIMEUR-ÉDITEUR	XAVIER DREVET
rue Lafayette, 11	rue Lafayette, 11

1870

UN PROCÈS D'HISTOIRE LITTÉRAIRE

LES POÉSIES

DE

CLOTILDE DE SURVILLE

h57G

DOCUMENTS INÉDITS

UN PROCÈS D'HISTOIRE LITTÉRAIRE

LES POÉSIES

DE

CLOTILDE DE SURVILLE

ÉTUDES NOUVELLES

SUIVIES DE

DOCUMENTS INÉDITS

PAR

M. Antonin MACÉ

Professeur d'histoire à la Faculté des Lettres,
Correspondant au Ministère de l'Instruction publique pour les travaux historiques,
Chevalier de la Légion d'honneur.

GRENOBLE

PRUDHOMME	Librairie du Dauphiné
IMPRIMEUR-ÉDITEUR	Xavier DREVET
Rue Lafayette, 14	Rue Lafayette, 14

1870

1871

EXTRAIT DU BULLETIN DE L'ACADÉMIE DELPHINALE

(3e série, tom. v.)

173-2-70. — Grenoble, impr. de Prudhomme. — T.

AVANT-PROPOS

Lorsque, dans les premiers mois de l'année 1863, j'insérai dans le *Journal général de l'Instruction publique* trois articles sur les poésies de Clotilde de Surville ; lorsque je repris en sous-œuvre, à l'aide de documents complétement inédits que je devais à de bienveillantes communications, une question d'histoire littéraire si vivement débattue, depuis soixante ans, par les maîtres de la science ; lorsque je donnai à cette question et à ce problème une solution toute nouvelle, je reçus, de vive voix et par écrit, de nombreuses et précieuses félicitations de la part de membres de l'Institut, d'éminents critiques, de professeurs distingués. Tous aussi joignirent à ces félicitations et à ces remercîments l'expression d'un regret et d'un désir : le regret que, forcé de me renfermer dans les limites étroites d'un journal, je n'eusse pas donné à ma pensée tout son développement ; le désir que je pusse remanier ces articles et publier intégralement la correspondance si curieuse que j'avais entre les mains et que j'avais dû me borner à analyser.

Exprimés par de telles bouches et de telles plumes, ces regrets et ces désirs étaient pour moi des ordres. Aussi, depuis plus de six ans, n'ai-je pas cessé de me préoccuper de cette question. La solution à laquelle j'étais arrivé, et que déjà l'on a adoptée dans la nouvelle édition de la *Biographie universelle*, est restée la même. Mais de nouveaux et précieux renseignements m'ont été transmis par des personnes que j'ai le soin de citer dans le cours de cet ouvrage ; des découvertes ou des exhumations ont été faites et m'ont été transmises ; j'ai pu moi-même ajouter, modifier, transformer beaucoup de détails particuliers ; enfin, je puis donner *in extenso* toutes les pièces, toutes les correspondances, toutes les lettres, tous les documents que j'avais dû me borner à analyser dans les trois articles précédemment publiés.

L'ouvrage que je publie aujourd'hui est donc réellement tout nouveau. Je ne sais si les lecteurs trouveront beaucoup d'intérêt à lire mes longues dissertations ; j'y ai apporté, je crois, quelque logique et elles m'ont coûté, on peut s'en apercevoir même par un coup d'œil superficiel, beaucoup de recherches et d'études. Mais, dût-on se borner à les parcourir, pourvu qu'on en admette les conclusions, cela me suffirait. J'aurai contribué à trancher une question longtemps débattue et vivement controversée, et c'est assez pour me satisfaire.

En tout cas, on lira, j'en suis certain, et on lira avec un vif intérêt la correspondance si honnête, si loyale, si vraiment littéraire, de Vanderbourg, et les beaux vers, que je fais connaître le premier, du marquis de Brazais, poète charmant et jusqu'ici inconnu. C'est assez ; que l'honneur de ce volume ne me revienne pas, je m'en consolerai, pourvu qu'il revienne au marquis de Brazais ignoré, à Vanderbourg calomnié, à Clotilde de Surville presque révoquée en doute. S'il en est ainsi, je serai trop heureux ; car c'est là tout ce que je souhaite.

LES POÉSIES

DE

CLOTILDE DE SURVILLE

DOCUMENTS INÉDITS

I.

Apparition des poésies de Clotilde. — Effet qu'elles produisirent. — Jugements divers qui en furent portés.

Il y a dans l'histoire littéraire, comme dans toutes les sciences, des questions qui, au moment où elles surgissent, excitent vivement l'attention publique, donnent lieu à d'ardentes controverses, sont débattues avec passion et résolues en sens contraire, et auxquelles, de guerre lasse plutôt que par suite d'une conviction bien raisonnée, on finit par donner une solution à laquelle les partis opposés semblent adhérer, au moins par leur silence. Les choses en restent là, plus ou moins longtemps, jusqu'à ce que de nouvelles observations, et surtout, en ce qui concerne l'histoire proprement dite ou l'histoire littéraire, la découverte de quelques documents oubliés, perdus ou ignorés, viennent ranimer la discussion, ou, pour le moins, prouver le peu de fondement et de solidité de la solution que tout le monde paraissait adopter.

Tel est le cas des poésies de Clotilde de Surville qui, lors de leur apparition, en 1803, furent recherchées avec ardeur et lues avec enthousiasme, que tous les gens de goût, les mères surtout, surent bientôt par cœur, mais dont l'authenticité donna lieu à des discussions nombreuses, ardentes, passionnées, qui se sont calmées à la longue et qui semblent éteintes aujourd'hui, quoique, fort heureusement, on n'ait pas cessé de lire ces œuvres charmantes; car on ne cessera de lire, d'étudier, d'apprendre quelques-uns de ces petits chefs-d'œuvre que le jour où le sentiment poétique aura complétement disparu en France.

Reprenons la question dès son origine, et passons sommairement en revue les opinions diverses qui, depuis 1803 jusqu'à nos jours, ont été émises sur l'origine, l'authenticité ou la supercherie, l'auteur ou les auteurs de ces poésies.

Lorsque, il y a soixante-sept ans, un jeune, spirituel et savant écrivain, alors presque inconnu mais qui devait, quelques années plus tard, devenir une des lumières de l'Académie des Inscriptions et Belles-Lettres, ou, comme l'on disait sous le Consulat et l'Empire, de la *classe d'histoire et de littérature ancienne* de l'Institut, M. Charles Vanderbourg, publia, sous le titre de *Poésies de Marguerite-Eléonore-Clotilde de Vallon-Chalys, dame de Surville, poète français du XVe siècle*, un charmant volume imprimé avec luxe et renfermant, à la suite d'une longue et curieuse préface, trente-sept pièces de

vers, héroïdes, triolets, rondeaux, épîtres, les unes ins-
pirées par des idées guerrières et patriotiques, les autres remarquables par la grâce, la douceur, le charme,
enfin et surtout, par des sentiments tendres et maternels, tout le monde fut vivement frappé, et autour de
ce nom, ignoré la veille, devenu immédiatement célèbre,
j'oserais presque dire populaire, il s'éleva un concert
de louanges et de témoignages d'admiration, mêlés toutefois, chez beaucoup de critiques au moins, de réser-
ves et de doutes sur l'authenticité de ces œuvres, qui
paraissaient à la lumière après une obscurité complète,
entière, absolue, de près de trois siècles et demi. J'ai
eu la curiosité de rechercher et de lire, dans les principaux recueils littéraires de l'époque, les jugements qui
furent portés sur ces œuvres au moment même de leur
apparition, et je demande la permission de m'y arrêter
un instant, attendu que nous y trouvons, au moins en
germe, la plupart des opinions, des jugements et des
systèmes accrédités, de nos jours, sur la même question,
par des écrivains justement célèbres.

Le critique anonyme qui rendit compte, presque immédiatement, de la publication de Vanderbourg dans
un recueil très-estimé et consulté encore aujourd'hui
avec fruit, le *Magasin encyclopédique*, fondé et rédigé
par Millin ([1]), tout en admirant les incontestables beautés que présentent les poésies attribuées à Clotilde, n'hésite pas à déclarer que, à ses yeux, le nom de l'auteur est supposé, ajoutant même, mais sans donner
aucune raison bien sérieuse de ce jugement, que la

([1]) Neuvième année, t. ii, p. 283 (1803).

supposition et la supercherie sont manifestes. Bientôt le *Journal de Paris* publia, avec la signature *Indagator*, deux articles dont l'auteur, comme le suppose Vanderbourg dans une lettre qu'on trouvera plus loin, était Carrion-Nizas, alors membre du Tribunat, tour-à-tour militaire, homme de lettres, homme politique. Dans ces deux articles que Vanderbourg ne ménage pas, et qu'il dit écrits *avec toute l'impertinence de la littérature révolutionnaire*, le critique aboutit à une conclusion inadmissible, quoiqu'elle ait encore trouvé de nos jours, comme nous le verrons tout à l'heure, d'habiles partisans, savoir, que l'auteur véritable du recueil est le marquis de Surville lui-même qui l'aurait formé *comme un ouvrage de marqueterie en pillant des vers de tous les côtés*. Du reste, ces articles ne sont pas d'une grande force, et le principal argument de l'auteur contre l'authenticité des poésies de Clotilde, c'est qu'on y trouve un fréquent emploi des diminutifs qui, suivant lui, n'auraient été employés dans la littérature française que depuis Ronsard.

Un article bien autrement piquant et qui, sans être très-profond, produisit quelque sensation, parut presque en même temps dans la *Bibliothèque française*. Il avait pour auteur un ancien ambassadeur, un conseiller d'Etat, un membre de l'Institut, M. L.-Ph. de Ségur, devenu plus tard si célèbre par son *Histoire universelle*. Avec infiniment d'esprit, avec la grâce, le tact, la courtoisie d'un grand seigneur de l'ancienne cour, M. de Ségur faisait le plus grand éloge du charmant recueil que Vanderbourg venait de publier, mais laissait entendre que celui-ci en était un peu plus que l'éditeur, déclarait, enfin, que ces poésies étaient modernes et, pour le prouver, revêtait du même costume quelques

pièces de vers, alors célèbres, du cardinal de Bernis.
Enfin, un journal littéraire bien plus connu, *la Décade
philosophique*, consacrait à l'examen des poésies attribuées à Clotilde de Surville trois longs et fort remarquables articles (¹) dont l'auteur ne s'est pas fait connaître mais pourrait fort bien être le futur historien
de la littérature italienne, Ginguené. L'ingénieux critique, quel qu'il soit, après avoir analysé l'historique de
la découverte des manuscrits de Clotilde d'après la préface de Vanderbourg, ajoute : « Telle est l'histoire ou
» la fable qui sert de passe-port aux œuvres de Clotilde. »
Bientôt même son opinion devient beaucoup plus nette
et plus explicite, et, avec une grande vigueur de critique, une rare étendue de connaissances historiques et
littéraires, il combat l'authenticité des poésies publiées
sous le nom d'un écrivain du XVᵉ siècle, avec des arguments dont plusieurs ont été reproduits par des écrivains plus récents et ont une grande force. Suivant lui,
tout décèle dans ces poésies une main moderne : beaucoup des idées attribuées à Clotilde sont plus récentes ;
les efforts pour imiter le style du XVᵉ siècle sont sensibles partout, parfois puérils et très-souvent malheureux. Ainsi, l'auteur a recours à des inversions que ne
connaissaient pas les écrivains de cette époque, et af-
fecte la suppression du pronom personnel, ce qui n'était
chez eux qu'une licence et une exception. Enfin, toujours suivant le savant et ingénieux critique, il faudrait
supposer que deux écrivains au moins eussent connu
les manuscrits de Clotilde et s'en fussent inspirés, at-

(¹) Nᵒˢ 26, 27 et 30, an XI, 3ᵉ trimestre, p. 501 et 559, et 4ᵉ trimestre, p. 150 (1803).

tendu que la charmante pièce (celle qui a fait vraiment la fortune et la popularité du recueil) intitulée : *Verselets à mon premier-né*, ressemble, à s'y méprendre, à une ballade célèbre de Lady Jeanne Bothwell, première femme de ce Bothwell qui épousa ensuite Marie Stuart ; que les *Trois plaids d'Or* rappellent étrangement le conte des *Trois manières* de Voltaire ; enfin, que les stances de Rosalyre à Corydon ont un air de parenté non moins sensible avec une autre pièce célèbre du même auteur, *les Vous et les Tu* [1]. Le critique aboutit donc à cette conclusion, toute différente de celle de M. de Ségur, que les poésies attribuées à Clotilde sont un pastiche dû à la plume du marquis de Surville.

A la même époque, toutefois, où se manifestaient ces doutes, d'autres critiques se montraient plus croyants, ou bien n'exprimaient qu'avec modération, timidité et réserve leurs scrupules ou leurs hésitations. Parmi les premiers se trouvent Sainte-Croix, le célèbre auteur de l'*Examen critique des historiens d'Alexandre ;* Michaud, le futur historien des Croisades, dans un article inséré par lui dans le *Mercure de France ;* l'illustre helléniste Schweighœuser qui, dans une lettre à Vanderbourg dont on trouvera un extrait plus loin, ne doute pas au moins de l'authenticité du fond. J'ajouterai l'auteur anonyme d'un article peu étendu, mais très-bien fait, qui parut dans le *Télégraphe littéraire ou le Correspondant de la librairie* (t. 1ᵉʳ, n° 45, 25 prairial an II, p. 381), et dans lequel le critique, après s'être fait toutes les objections qu'on peut élever contre l'authenticité des chefs-d'œuvre publiés par Vanderbourg, y ré-

---

[1] Voir les pièces justificatives, n° 30.

pond avec esprit, admet un fond original, et ajoute surtout un mot qui m'a frappé : *Si*, dit-il, *c'était une fable poétique, ce serait le cas de dire avec Jean-Jacques : L'inventeur en serait plus étonnant que le héros.*

Il en fut de même de plusieurs autres articles qui parurent dans des journaux du temps qu'il serait sans doute aujourd'hui fort difficile de retrouver, mais que Vanderbourg cite dans sa correspondance, la *Clef du cabinet*, le *Courrier des spectacles*, le *Citoyen français*. Ce qu'il y eut surtout de plus explicite et de plus satisfaisant à cet égard, ce fut un article du *Journal des Débats*, qui, en 1803 comme en ce moment encore, tenait le premier rang parmi les journaux littéraires, et deux articles de Laya, le futur membre de l'Académie française, l'auteur célèbre et respecté de l'*Ami des lois*, dans le *Moniteur* (¹). Cependant, même dans ces deux articles, dont Vanderbourg fut très-satisfait, l'ingénieux critique n'accorde pas une approbation et ne manifeste pas une foi sans réserve. Car, tout en paraissant convaincu par l'argumentation si habile de la préface de Vanderbourg, tout en croyant bien reconnaître dans les poésies de Clotilde, avec un cœur de mère et des sentiments maternels qui sont de tous les temps, des idées qui sont celles du xve siècle, il manifeste timidement quelques doutes, surtout en ce qui concerne la forme, et croit que ces œuvres charmantes ont été retouchées, au xviie siècle, par Jeanne de Vallon, une des descendantes de Clotilde dont il est beaucoup question dans la préface de Vanderbourg, et qui aurait préparé une édition des

---

(¹) N^os du 5 et du 7 thermidor an xi (24 et 26 juillet 1803).

œuvres de son aïeule ; au xvIIIe siècle surtout, par le marquis de Surville, de telle façon, suivant le critique, que *les œuvres publiées sous le nom de Clotilde sont un excellent tableau original retouché par des mains habiles.*

II.

Arguments contre l'authenticité des poésies de Clotilde. — Leur valeur.

Les critiques, diversement célèbres, dont je viens de rappeler les articles, et ceux dont je vais parler tout à l'heure, ont émis, soit contre l'authenticité absolue des poésies attribuées à Clotilde de Surville, soit contre la forme sous laquelle Vanderbourg les a publiées, des arguments qui sont loin d'avoir la même valeur. Un de ces arguments, auquel on revient le plus souvent, consiste à dire que les œuvres de Clotilde sont trop parfaites pour le xve siècle, que l'orthographe en est trop régulière, et que l'auteur y observe des règles que le xve siècle ne connaissait pas, ou du moins auxquelles les poètes de cette époque ne s'astreignaient pas, notamment l'alternance des rimes masculines et féminines. Ce dernier argument m'a toujours paru très-faible, attendu qu'il serait très-facile de trouver, dans les poètes du xve siècle, des exemples nombreux et presque continus de l'application de cette règle dictée par l'oreille, que ces alternatives reposent, et que fatigue, au contraire, une série de rimes pleines ou sourdes. On pourrait en citer de très-fréquents exemples dans Villon :

> La royne blanche comme un lys,
> Qui chantoit à voix de sereine ;
> Berthe au grand pied, Biétris, Allys ;
> Harembouges qui tint le Mayne ;
> Et Jehanne la bonne Lorraine,
> Qu'Angloys bruslerent à Rouen,
> Où sont-ils, vierge souveraine?
> Mais où sont les neiges d'antan (¹) ?

Ailleurs, chez le même poète, aussi peu scrupuleux toutefois sur les règles littéraires que sur celles de la morale :

> Au retour de dure prison,
> Où j'ay laissé presque la vie,
> Se fortune a sur moy envie,
> Jugez s'elle fait mesprison !
> Il me semble que, par raison,
> Elle deust bien estre assouvie (²).

Ailleurs encore (et je n'aurais que l'embarras du choix) :

> Quand je considère ces testes
> Entassées en ces charniers ;
> Tous furent maistres des requestes,
> Ou tous de la chambre aux deniers ;
> Ou tous furent porte-paniers ;
> Autant puis l'ung que l'autre dire :
> Car d'évesques ou lanterniers,
> Je n'y congnois rien à redire (³).

(¹) Ballade 1. *Des Dames du temps jadis*, édit. Prompsault, 1835, in-8°, p. 126.

(²) Lays, *ibid.*, p. 233.

(³) Huitain 149, *ibid.*, p. 231.

Le duc Charles d'Orléans, sans s'astreindre complètement à cette règle, la suit, toutefois, dans ses pièces
les plus célèbres, dans celles que l'on cite partout, et
j'oserais presque dire que tout le monde sait par cœur.
Ainsi dans le *Rondeau sur le printemps* :

> Le temps a laissié son manteau
> De vent, de froidure et de pluye,
> Et s'est vestu de broderye,
> De soleil raïant, cler et beau.
> Il n'y a beste ne oiseau
> Qui, en son jargon, ne crye :
> Le temps a laissié son manteau (¹).

Dans la ballade, très-justement célèbre, du même
auteur :

> Comment se peut ung poure cueur deffendre,
> Quand deulx beaulx yeulx le viennent assaillir?
> Le cueur est seul, désarmé, nud et tendre,
> Et les yeulx sont bien armez de plaisir (²).

De même encore, dans cette touchante complainte à
la France :

> France, jadis on te souloit nommer,
> En tout païs, le trésor de noblesse ;
> Car un chacun pouvoit en toy trouver
> Bonté, honneur, loyauté, gentillesse,
> Clergie, sens, courtoisie, proesse :
> Tous estrangiers amoient te suir ;
> Et maintenant voy, dont j'ay desplaisance,
> Qu'il te convient maint grief mal soustenir;
> Très chrestien, franc royaume de France (³).

(¹) Edit. A. Champollion-Figeac, 1842, in-18, p. 136.
(²) *Ibid.*, p. 18.
(³) *Ibid.*, p. 172.

Ainsi, enfin, Martial d'Auvergne ou de Paris, poète contemporain de Clotilde, suit fidèlement cette règle dans la longue pièce de vers qu'il a consacrée à Jeanne d'Arc et que M. J. Quicherat a insérée dans son précieux recueil ([1]) :

> En ceste saison de douleur,
> Vint au roy une bergerelle,
> Du villaige de Vaucoulleur,
> Qu'on nommait Jehanne la Pucelle.
>   C'estoit une povre bergière
> Qui gardoit les brebis ès champs,
> D'une doulce et humble manière,
> De l'aage de dix-huit ans, etc.

A ce point de vue, par conséquent, Clotilde de Surville n'est ni supérieure ni inférieure aux poètes ses contemporains, et il n'y a aucun argument à tirer, contre l'authenticité des poésies qui lui sont attribuées, de l'observation, constante chez elle, d'une règle à laquelle s'astreignaient, sinon toujours, du moins très-fréquemment, les poètes de la même époque, et par le seul effet de l'harmonie pour nos vers français, dépourvus de la variété qui résulte, dans d'autres langues, des syllabes longues et brèves ([2]).

([1]) *Procès de condamnation et de réhabilitation de Jeanne-d'Arc* (dans les Mémoires de la *Société de l'histoire de France*), t. v, p. 51.

([2]) J'aurais pu citer beaucoup d'autres exemples de l'observation de cette règle chez des poètes du xve siècle. On en trouve plusieurs dans le *Tableau historique et critique de la poésie française* de Sainte-Beuve (2e édit., p. 8-10). Mais je n'ose plus, comme lui, citer l'autorité d'Ollivier Basselin, dont les célèbres vaux-de-vire paraissent l'œuvre d'un poète beaucoup plus moderne, Jean le Houx,

Je ne trouve pas plus solide ni plus décisif cet autre considérant de l'arrêt contre l'authenticité des poésies de Clotilde, qu'il est fort étrange qu'aucun écrivain du xve siècle n'ait soupçonné le talent poétique de la *Sapho du Vivarais*, et n'en ait fait la moindre mention. Combien d'exemples semblables ne pourrait-on pas citer ? Qui se douta, en France, jusqu'au milieu du xviiie siècle, jusqu'à la publication des mémoires du savant abbé Sallier, que le fils de Valentine Visconti, le prince orphelin fait prisonnier à Azincourt, le duc Charles d'Orléans dont nous parlions tout à l'heure, le père de Louis XII, fût un de nos poètes les plus aimables et les plus gracieux ? Qui s'en doutait, même à Grenoble où se trouve cependant le manuscrit le plus complet, le plus beau, le plus correct des poésies du prince français ? De même, Louis XIV, les courtisans, les hommes de génie qui l'entouraient, se doutèrent-ils jamais que le duc de Saint-Simon, le descendant des comtes de Vermandois, ce petit homme si remuant, si entiché de sa dignité de duc et pair, qui semblait absorber toute son intelligence et tout son temps dans la discussion de futiles questions d'étiquette qu'il grossissait et transformait en affaires d'État, était l'un des plus prodigieux et des plus originaux écrivains de la France, l'héritier de la plume de Tacite, l'*espion infatigable de deux générations*, comme l'appelle très-justement M. Henri Martin,

---

et dont quelques-uns même sont le produit d'un jeu d'esprit de notre ancien collègue M. Julien Travers, comme il en a fait l'aveu à la réunion des délégués des sociétés savantes à la Sorbonne, au mois d'avril 1866 (voir la *Revue des Sociétés savantes*, 4e série, t. iii, p. 445 et 574).

et qu'il devait buriner en traits ineffaçables leurs vertus, leurs ridicules et leurs vices, transformant, aux yeux des générations suivantes, toute l'histoire du xvii° siècle?

Je n'insiste pas; car la victoire est ici trop facile. Mais il a été émis contre l'authenticité des poésies de Clotilde des arguments, je ne dis pas plus solides, mais plus spécieux, que j'ai reproduits moi-même ailleurs (¹), qu'on m'a opposés bien souvent depuis, et qui toutefois ne résultent que d'une confusion. Comment, a-t-on dit, considérer comme authentique, comme ayant été écrit au xv° siècle, un recueil dans lequel on entend l'auteur combattre le système astronomique de Ptolémée en faveur de celui de Copernic qui était bien jeune, même dans la vieillesse de Clotilde (²); réfuter les doctrines matérialistes de Lucrèce, dont le poème ne fut retrouvé que l'année de la naissance de Copernic, en 1473, et parler des sept satellites de Saturne, qui n'ont été observés et découverts que par Huyghens, D. Cassini et W. Herschell, au xvii° et au xviii° siècle? Ces arguments sont, en effet, je ne dirai pas très-forts, mais vraiment irréfutables, et je n'aurais pas essayé de me contredire moi-même, en venant aujourd'hui combattre en faveur de l'authenticité des poésies attribuées à Clotilde par Vanderbourg, si j'y avais trouvé les vers que l'on cite partout, et qui, évidemment, par les idées et les connaissances astronomiques qu'ils supposent, ne peuvent pas être d'elle :

_____

(¹) *Cours d'histoire des temps modernes*, 45° leçon, t. ii, p. 417.
(²) Suivant M. de Surville, son aïeule serait née vers 1405, et morte presque centenaire. Copernic était né en 1473 et mourut en 1543, année où parut aussi son grand ouvrage d'astronomie.

Non, je ne croiray point, orgueilleux Ptolémée,
Que l'atosme fangeux, où rampons emprès toy,
Soyt le centre d'ung tout, plus estrangier por moy
Que por l'astre esclatant dont tu fays ton esclave.
Et, combien d'aultres corps, que ton système enclave,
Mieulx que la terre, enfin, peuvent-ils s'arroger
Droict d'en faire entour d'eulx l'orbite converger?
Ton vaste Jupiter, et ton loingtain Saturne
Dont sept globules nayns traynent le char nocturne;
Ta Vénus elle-mesme, ...etc..... ([1]).

Mais ces vers n'existent pas dans l'édition des poésies de Clotilde donnée par Vanderbourg en 1803. Ils ne se trouvent que dans une publication faite, en 1826, sous le titre de *Poésies inédites de Clotilde de Surville*, par MM. de Roujoux et Charles Nodier ([2]). J'ignore quelle part put prendre à cette publication le baron de Roujoux, ancien préfet sous l'Empire, traducteur médiocre de l'histoire d'Angleterre de Lingard, auteur plus médiocre encore d'une histoire des ducs de Bretagne ; mais, en lui attribuant le travail matériel de l'œuvre, je ne croirais pas lui faire précisément injure. Evidemment, la plus grande, la plus active, la plus intelligente part dans cette publication revient à Charles Nodier, écrivain d'un esprit si étincelant mais si paradoxal, et qui, en 1826, agissait comme Clovis, en adorant ce qu'il avait précédemment brûlé. Il est très-curieux, en effet, comme

([1]) Fragments du quatrième chant du poème de la *Nature et de l'Univers*. — Edit. Nodier, 1826, p. 75-76.
([2]) Paris, Nepveu, éditeur; in-8°, in-12, in-18, avec gravures d'après Colin, élève de Girodet, 1826. (Le libraire Nepveu avait, en 1824, donné une nouvelle édition en trois formats du recueil publié par Vanderbourg en 1803.)

le remarque justement M. Sainte-Beuve (¹), de voir
Roujoux et Charles Nodier se faire les champions de
Clotilde de Surville et les éditeurs de ce qu'ils appel-
lent *ses œuvres inédites* (ce qui n'est pas précisément
exact, nous le verrons tout à l'heure), et de comparer
ce qu'ils en pensaient l'un et l'autre quelques années
auparavant. Or, dans ce spirituel livre publié en 1811,
et plusieurs fois réimprimé, sous le titre de *Questions de
littérature légale*, Charles Nodier avait vivement attaqué
l'authenticité des poésies de Clotilde qu'il attribuait à
M. de Surville, et son collaborateur et ami Roujoux
avait, à peu près à la même époque, fortifié cette conclusion par de nouveaux arguments dans son *Essai sur
les révolutions des sciences* (²). Toutefois, ni Roujoux, ni

(¹) *Tableau de la poésie française au* xvıᵉ *siècle*, etc., nouvelle
édition; Paris, Charpentier, 1843, p. 506 (in-18).

(²) Dans l'édition des *Questions de littérature légale* que j'ai sous
les yeux (1828, Paris, Roret et Crapelet, in 8°, p. 79-86), Nodier
raconte qu'il a eu l'honneur de se rencontrer deux fois avec M. de
Surville, auquel il attribue les vers publiés sous le nom de Clotilde.
Je me permets de douter beaucoup de ce fait lui-même, attendu
que M. de Surville avait émigré dès 1792, lorsque Nodier n'avait
que douze ans, et que, lors de sa rentrée clandestine en 1798, M. de
Surville n'alla pas à Besançon où était Nodier, ni à la Flèche où
Nodier, très-gratuitement, dit qu'il fut fusillé, mais bien au Puy,
où peut-être le spirituel écrivain n'a jamais mis les pieds, et où, du
reste, le marquis émigré se tenait, et pour cause, parfaitement caché.
Cependant Nodier est revenu deux autres fois sur ces questions
(notes du *Catalogue de Pixérécourt*, 1839, et *Description d'une collection de livres*, 1844), mais sans apporter d'arguments bien nouveaux ni bien solides, et sans trop se préoccuper de la contradic-
tion où il tombait, en déclarant, d'une part, que le marquis de
Surville était l'auteur réel des œuvres publiées sous le nom de son,

Charles Nodier ne sont les auteurs de celles des poésies de Clotilde qu'ils publièrent en 1826, et qu'ils eurent le très-grand tort d'intituler *Poésies inédites*. Ils se bornèrent à transcrire beaucoup plutôt de la prose que des vers, le tout publié déjà en 1797 et 1798 dans le *Journal littéraire de Lausanne* dont nous parlerons bientôt, vers et prose qui ne sont pas et ne peuvent pas être l'œuvre d'un écrivain du xv° siècle. C'est une très-mauvaise compilation et une spéculation de librairie qui ont fait le plus grand tort à la publication de Vanderbourg dont le caractère est tout autre. Par conséquent, que l'on déclare apocryphes la prose et les vers que Charles Nodier et Roujoux ont insérés dans leur recueil, ce n'est pas nous qui serons tentés d'y contredire ; que l'on déclare modernes, tout à fait modernes, les vers cités plus haut sur le système du monde et empruntés à leur recueil, soit encore ; mais que de là on arrive à conclure que le recueil publié par Vanderbourg en 1803, réimprimé en 1824, soit également un pastiche, une marqueterie, une œuvre de faussaire, voilà ce qu'il nous est impossible d'admettre, et nous le démontrerons. En tout cas, et avant tout (ceci est fondamental), dégageons bien la responsabilité de l'un des recueils de celle de l'autre, et n'oublions pas que les vers que nous venons de transcrire ne se trouvent pas dans le premier, dans le seul vrai recueil des poésies de Clotilde, dans celui auquel Vanderbourg a attaché son nom.

Nous n'avons plus, avant d'aborder une nouvelle

---

aïeule, et en se faisant, de l'autre, l'éditeur du très-mauvais recueil qu'il intitulait *Poésies inédites de Clotilde de Surville*.

question, qu'à examiner un dernier argument. Il se trouve, a-t-on dit, dans les poésies publiées sous le nom de Clotilde de Surville, des pièces respirant des idées royalistes qui ne sont pas et ne peuvent pas être l'œuvre d'un écrivain du xvᵉ siècle, dans lesquelles on voit des allusions aux évènements les plus terribles de la Révolution française et qui ne peuvent être, dès lors, que l'œuvre d'un émigré, par conséquent du marquis de Surville.

Examinons ce nouvel argument. Ces pièces de vers, dans lesquelles, en effet, on crut voir, dès 1803, des allusions royalistes, sont au nombre de deux.

La première est le *Chant royal à Charles VIII*, vainqueur à Fornovo, œuvre, par conséquent, disait M. de Surville, de l'extrême vieillesse de son aïeule (¹). Ce morceau, très-héroïque, d'un magnifique mouvement, se compose de cinq stances de douze vers chacune, et d'un *envoy* de sept vers. Il respire, a-t-on dit, des sentiments du plus pur royalisme, et il est évidemment, ajoute-t-on, l'œuvre de M. de Surville émigré.

Que ce morceau, très-remarquable par le mouvement, le rhythme, l'harmonie, dont chacune des stances se termine par ce vers :

> Rien n'est tel qu'ung héroz sous la pourpre des roys !

respire des sentiments très-monarchiques, soit; mais ces sentiments-là étaient tout aussi naturels chez une grande dame du xvᵉ siècle que chez un gentilhomme émigré

(¹) Édit. de Vanderbourg, 1803, in-8ᵒ, p. 245.

à la fin du XVIIIe. J'ajoute même que cette belle pièce exprime des sentiments d'un patriotisme très-énergique, surtout dans ses deux dernières strophes :

> Aux armes, paladins ! Votre sang ne bouillonne !
> Des Romains desgradez l'aigle tempestueulx,
> Le Griffon, la Licorne aux palaiz somptueulx,
> L'Ours blanc, et de saint Marc la superbe Lyonne,
> Soustiennent de Milan le Dragon tortueulx !
> L'Eridan, de vos bras, attend sa délivrance ;
> Hastez-vous ! Disputez ces passages estroits !
> Ne vous auroit le ciel confié sa vengeance,
> Si de vos devanciers portant vaine semblance,
> Vous ne sçaviez jouster qu'en spacieulx tournoys.....
> Aux mains ! N'oyez quel son rendent échos de France :
> « Rien n'est tel qu'ung héroz sous la pourpre des Roys. »

Evidemment. si ces vers étaient un pastiche, si, au lieu d'avoir été écrits à la suite de la bataille de Fornoue, à la fin du XVe siècle, ils avaient été composés à la fin du XVIIIe, on ne pourrait voir dans cette pièce héroïque qu'une allusion à la merveilleuse campagne de 1796 et 1797 en Italie, à la campagne signalée par les victoires de Montenotte, de Mondovi, de Castiglione, d'Arcole, de Rivoli ; le héros serait Bonaparte et non Charles VIII ; le *pontife fastueulx* [1] qui a fait alliance avec les ennemis de la France serait, non pas Alexandre VI, mais Pie VI ! Mais ce serait là, il faut l'avouer, de bien étranges sentiments de la part d'un émigré qui devait, moins de deux ans après, payer de sa vie ses sentiments royalistes.

---

[1] Tu ne t'attendois pas, pontife fastueulx,
     Aux affronts qu'en ce jour sur ta triple couronne
     Verseroient tes efforts tousjours infructueulx !

L'autre pièce ne prouve pas davantage, quoique les allusions aux évènements de la fin du XVIIIᵉ siècle y aient paru si évidentes que, comme nous le verrons bientôt, elles faillirent empêcher, en 1803, la publication du recueil de Vanderbourg. Je veux parler de la fameuse *Héroïde à son espoulx Bérenger*, et surtout de cette magnifique strophe :

> Bellone, au front d'airain, ravage nos provinces;
>   France est en proye aux dents des léoparts.
> Banny par ses subjects, le plus noble des princes
>   Erre, et proscript en ses propres remparts,
> De chastels en chastels et de villes en villes,
>   Contrainct de fuyr lieux où devoit régner,
> Pendant qu'hommes félons, clercs et tourbes serviles
>   L'ozent, ò crime! en jusement assigner!.....
> Non, non, ne peult durer tant coulpable vertige;
>   O peuple Franc, reviendraz à ton roy!
> Et, pour te rendre à luy, quand faudroit ung prodige,
>   L'attends du ciel en ce commun desroy.
> De tant de maulx, amy, ce penser me console;
>   Onc n'a pareils vengié divin secours!
> Comme desgatz de flotz, de volcans et d'Eole,
>   Plus sont affreux, plus croy que seront courts (¹).

Il faut vraiment beaucoup de bonne volonté et une sorte de parti pris pour voir dans ces beaux vers autre chose que ce qui s'y trouve, une peinture ardente, passionnée, patriotique, des malheurs de la France dans les premières années du règne de Charles VII. Tout ce qu'on pourrait dire, c'est que ces vers ont été écrits, non pas précisément à cette époque, mais quelques années

---

(¹) Edit. de Vanderbourg (in-8°, 1803), p. 5.

plus tard, après l'apparition de Jeanne d'Arc, dont la
mission se trouve très-clairement indiquée dans deux
de ces vers, et que Clotilde, par une petite supercherie
poétique, analogue à celles de Virgile dans le sixième
chant de l'Enéide, de Dante, de Voltaire dans la Henriade, et de tant d'autres poètes anciens et modernes,
s'est donné le plaisir de prédire des faits déja accomplis
au moment où elle écrivait. Mais quant à conclure que
ces vers peignent la situation de la France pendant les
dernières années du xviiie siècle, qu'ils font allusion au
régime de la Terreur, à l'exil de Louis XVIII, voilà ce que
l'esprit royaliste put y trouver, mais ce qu'il nous est
impossible d'y voir. Le roi ou le prince dont parle
Clotilde errait dans son propre royaume, ce qui est exact
pour Charles VII, ce qui ne l'est plus pour les princes
de la maison de Bourbon vivant dispersés à l'étranger;
en second lieu, la France, à l'époque où ont été écrits
ces vers, était *en proie aux dents des léopards*, c'est-à-dire
envahie par les Anglais, fait malheureusement exact
pour le temps de Charles VII, mais qui ne l'est pas pour
la fin du xviiie siècle, puisque l'Angleterre était, au contraire, en ce moment, l'appui le plus constant et le
plus persévérant de la famille royale exilée.

Aucun des arguments *a priori* émis contre l'authenticité des poésies de Clotilde de Surville ne me semble
donc avoir de valeur et de solidité, quand on les exa-
mine et qu'on les serre de près. Cependant c'est là-dessus que se sont appuyés plusieurs critiques modernes,
très-éminents, très-distingués, très-justement célèbres,
pour refuser d'attribuer ces vers à Clotilde de Surville,
et pour en faire honneur, les uns au marquis de Surville,

son descendant, les autres à Vanderbourg lui-même.
Examinons ces opinions et ces systèmes.

III.

Opinions des critiques modernes. — MM. Raynouard, Daunou, Villemain, Sainte-Beuve, etc.

Le premier critique, véritablement distingué, qui, depuis l'apparition des poésies de Clotilde, ait traité la question *ex professo*, est l'illustre auteur de la tragédie des *Templiers* et de l'*Histoire du droit municipal*, l'éminent éditeur des *Poésies des Troubadours*. A propos d'un *Recueil des poètes français depuis le* xiiᵉ *siècle jusqu'à nos jours* publié en 1824 par M. Auguis, M. Raynouard inséra dans le *Journal des savants* (¹) un article qui fit sensation, que l'on cite encore très-souvent, qui est remarquable, en effet, et par la vigueur de la critique et par l'étendue des connaissances philologiques. Là, M. Raynouard n'hésite pas à mettre les poésies de Clotilde de Surville sur la même ligne que celles que Chatterton avait voulu faire passer pour l'œuvre d'un vieux poète inconnu appelé Rowley, que les *Poésies occitaniques*, habile imitation du style des Troubadours, publiées par Fabre d'Olivet précisément à la même époque et chez le même éditeur où Vanderbourg avait

---

(¹) Juillet 1824, p. 406.

fait paraître son recueil, enfin, que les poésies d'Ossian publiées par Macpherson. Pour lui, c'est un jeu d'esprit, une fraude habile, *reconnue et avouée*, ajoute-t-il, *et, à tout prendre cependant, une œuvre que l'on doit conserver comme les fausses médailles que les curieux placent à côté des véritables* (¹). La sentence est claire, et quoique Raynouard ne dise pas nettement quel est, suivant lui, le véritable auteur de ces poésies, il résulte, toutefois, de son article qu'à ses yeux Vanderbourg est le vrai coupable, si c'est être coupable que d'ajouter quelques beaux vers de plus à la langue et à la littérature françaises.

Mais cette décision n'était pas le dernier mot de la question et, quelques années plus tard, dans l'une de ces brillantes leçons qu'on lit encore aujourd'hui presque avec la même émotion qu'éprouvaient, en les écou-

---

(¹) Il serait facile d'ajouter à cette énumération de Raynouard une longue liste de ces supercheries littéraires, les unes très-innocentes, les autres résultat de coupables spéculations : les prétendues poésies Orphiques; les fragments d'auteurs anciens publiés par Annius de Viterbe ; l'*Histoire de Sanchoniathon* publiée il y a quelques années en Allemagne; les vaux-de-vire d'Olivier Basselin; la correspondance, en grande partie apocryphe, de Marie-Antoinette, comme l'a démontré mon collègue M. Geffroy ; les lettres de Newton, Pascal et autres qui ont fait tant de bruit à l'Académie des sciences; le poème de *Rose de Créqui* dont M. le docteur Roulin vient de faire l'histoire (*Bulletin de la Soc. litt. de Strasbourg*, t. iv, et *Revue des Sociétés savantes*, 4ᵉ série, t. x, p. 70-71); enfin, ce qui est moins connu, la substitution par Moncrif, lecteur de la reine Marie Leczinska, d'une chanson de sa composition à une pièce de Thibaut de Champagne, en 1742 (voir la curieuse anecdote du duc de Luynes dans ses *Mémoires*, année 1742, t. ix, p. 188).

tant, des centaines d'auditeurs, un grand maître dans
l'art de parler et d'écrire, M. Villemain, déclarait,
comme son confrère M. Raynouard, que le monde let-
tré qui avait cru un instant à l'authenticité des charmantes poésies de Clotilde, avait été dupe d'une habile
supercherie (¹). Il ajoutait, et toutes ces expressions
sont restées célèbres et ont été reproduites souvent, que
*le monument était curieux, mais que c'était une petite
construction gothique élevée à plaisir par un moderne ar-
chitecte.* Sa conclusion, enfin, était que le marquis de
Surville, dont il raconte en deux mots la carrière aven-
tureuse et la mort tragique (nous y reviendrons tout à
l'heure), « qui, à ce qu'il paraît (et ici la réserve est de
trop), avait été poète moderne mais dont les essais
étaient perdus dans la foule, avait tâché de *vieillir sa
muse.* » La conclusion de M. Villemain est donc que
« l'on reconnaît dans les poésies de Clotilde une fabrication moderne qui se trahit par la perfection même de
l'artifice, » et que l'auteur véritable est le marquis de
Surville. Il est vrai que M. Villemain se trouve un instant arrêté par cette belle lettre que Vanderbourg avait
citée en partie dans sa préface, lettre écrite par le
marquis de Surville à sa femme au moment où il allait
être fusillé, et dans laquelle il lui recommande les poésies de son aïeule. Mais l'illustre critique n'est pas trop
éloigné de croire que cette lettre même est supposée,
insinuation qu'il ne glisse qu'en passant, il est vrai, et
que, du reste, son collègue à l'Institut, Vanderbourg,

(¹) *Cours d'histoire de la littérature au moyen âge*, édit. de 1830,
t. ii, p. 243.

aurait pu promptement et facilement détruire, attendu
que, en écrivant ces lignes, j'ai sous les yeux, entre les
mains, la lettre autographe et parfaitement authentique
dont Vanderbourg, dans sa préface, n'a cité qu'un fragment, que le marquis de Surville adressa à sa femme,
non pas *quelques jours avant de mourir*, comme dit M.
Villemain, mais la veille même de sa mort, lettre très-
belle et très-touchante, malgré une sorte d'affectation de
légèreté reste de l'esprit du xviiiᵉ siècle, et que j'ai
publiée le premier dans toute son étendue (¹).

En tout cas, la conclusion de M. Villemain, attribuant ces poésies au marquis de Surville, n'est pas celle
de M. Raynouard qui semblait les attribuer à Vanderbourg, et c'est cette dernière conclusion, qu'a fortifiée de
tout le poids de son autorité d'érudit, j'ajouterais de
toute la gravité de son esprit et de toute sa réputation
d'honnête homme, M. Daunou, dans la savante notice
que, en sa qualité de secrétaire perpétuel de l'Académie
des Inscriptions et Belles-Lettres, il consacra à son confrère Vanderbourg. Dans cette notice, lue en séance publique douze ans après la mort de son confrère (²), Daunou,
après avoir raconté les premières années de la vie de
Vanderbourg, ses voyages dans l'Inde en qualité de lieutenant de vaisseau avant la Révolution, son émigration
en 1793, ses voyages en Allemagne et aux îles danoises de
l'Amérique, son retour en France, ses premiers travaux
littéraires et surtout sa belle traduction du Laocoon de
Lessing, arrive à l'histoire de la publication des poésies

(¹) Voir les pièces justificatives nº 28.
(²) *Moniteur* du 28 octobre 1839.

de Clotilde de Surville, reprend les plus fortes et les
plus solides objections de MM. Raynouard et Villemain,
mais, faute d'avoir connu suffisamment le confrère dont
il prononce l'oraison funèbre, et qui aurait pu l'éclairer
sur une foule de points, en l'absence surtout des documents si intéressants et si curieux que je publie aujourd'hui pour la première fois, il aboutit à cette conclusion où le vrai et le faux se mêlent et que je tran-
scris littéralement, sauf à l'examiner plus tard : « Il est
» donc permis de conjecturer, dit l'éminent biographe,
» que Vanderbourg a eu la principale part au volume
» imprimé en 1803, qu'il est *le véritable auteur des*
» *meilleurs morceaux*, et que ce qu'ils ont acquis de
» renommée lui appartient. Il s'en faut pourtant que
» l'imitation du langage poétique du XVᵉ siècle, et même
» de l'orthographe de cet âge, y soit toujours très-fidèle
» ou très-heureuse. Quand on y regarde de près, la
» supposition se décèle bien souvent par des locutions,
» des constructions et des idées moins anciennes, et
» il devient à tous égards impossible de n'y pas re-
» connaître une fabrication moderne, comme a dit
» M. Villemain. Mais, enfin, cette œuvre a fondé,
» ou du moins agrandi et répandu la réputation de
» Vanderbourg ; elle a fait distinguer en lui un litté-
» rateur de premier ordre qui savait joindre au culte
» des chefs-d'œuvre l'étude des informes essais du
» moyen-âge. Personne ne lui a *reproché une fiction à*
» *laquelle on devait une lecture agréable et quelquefois*
» *profitable.* »

Ici l'arrêt est net, formel, positif, sans ambages, sans
détours. Daunou, avec plus de précision et de netteté,
partage l'opinion du comte de Ségur et de Raynouard,

et considère Vanderbourg, non pas seulement comme·
l'éditeur, mais comme l'auteur véritable des poésies publiées sous le nom de Clotilde de Surville, tandis que,
aux yeux de M. Villemain, l'auteur est le marquis de
Surville exécuté comme émigré en 1798. Cette dernière
conclusion est également celle d'un des plus ingénieux,
des plus savants, des plus infatigables écrivains et critiques de notre temps, M. Sainte-Beuve. L'illustre écrivain, du moins à ma connaissance, s'est occupé à deux
reprises de Clotilde de Surville, d'abord dans un article
sur Charles Nodier publié dans la *Revue des Deux-*
Mondes en 1840 (¹), ensuite, et beaucoup plus longue-
ment, en 1843, dans une étude spéciale placée à la suite
d'une nouvelle édition de son *Tableau historique et cri-*
tique de la poésie française au xvi* siècle* (²). Dans le premier travail, il y a peu de chose concernant Clotilde;
seulement, rencontrant sur son chemin le *Recueil des*
poésies inédites publiées en 1826 par Charles Nodier et
son ami de Roujoux, M. Sainte-Beuve ne peut se dispenser d'en dire un mot. A ses yeux, ce recueil est l'œuvre des deux écrivains qui s'en donnaient seulement pour
les éditeurs, opinion que j'ai admise et exprimée de
mon côté plusieurs fois, mais que je ne puis plus adopter, depuis qu'il m'a été possible de consulter le *Journal*
littéraire de Lausanne, publié, de 1794 à 1798, par la
chanoinesse de Polier, attendu que j'y ai trouvé presque tous les morceaux, prose ou vers, qui constituent le
recueil de Nodier et de Roujoux. Il est évident pour

(¹) 1ᵉʳ mai 1840, ıv* série, t. xxıı, p. 407.
(²) Paris, Charpentier, in-18, p. 484-508, 1843.

moi que les deux écrivains eurent entre les mains, comme ils le disent eux-mêmes dans leur préface, ceux des manuscrits du marquis de Surville dont Madame de Polier était dépositaire, et dont nous parlerons plus loin. Mais la supercherie de Nodier et de Roujoux lui semblant évidente, M. Sainte-Beuve considère également le premier recueil comme apocryphe, sans toutefois dire encore si, à ses yeux, l'inventeur est le marquis de Surville ou Vanderbourg. *Les deux amis*, dit-il, *rentrèrent, en la prolongeant, dans la supercherie innocente*, et il ajoute un peu plus loin, sur un ton maniéré et précieux qui, fort heureusement, ne lui est pas habituel : *La prétendue Clotilde est un poète de l'école moderne, un bouton d'églantine éclos en serre, à la veille de la renaissance de* 1800. C'est cette dernière idée que l'illustre critique a reprise et développée dans son article spécial sur Clotilde, avec un esprit, une finesse, une érudition incomparables. Puisque à ses yeux Nodier et de Roujoux n'avaient fait que continuer *une innocente supercherie*, le premier recueil, celui de 1803, était également un pastiche; mais quel en était l'auteur? Ici M. Sainte-Beuve se sépare absolument de Daunou, et, à ses yeux, l'auteur de la supercherie ne peut être Vanderbourg, attendu que celui-ci, et M. Sainte-Beuve le démontre par des citations, manquait absolument du génie poétique, et parce que ses habitudes, ses occupations antérieures, son éducation même n'avaient pu lui permettre de se tenir au courant de ce travail sur notre vieille langue et sur les monuments de notre littérature du moyen-âge qui s'était opéré, pendant le xviiie siècle, sous l'influence de Sainte-Palaye, de l'abbé Sallier, de La Monnoie, de Lenglet-Dufresnoy, du comte de Tressan, de Legrand-

d'Aussy. Supposant, au contraire, que, par son éducation et ses habitudes, le marquis de Surville était au
courant de ce travail très-curieux de rajeunissement
de la vieille littérature française, M. Sainte-Beuve en
conclut, comme M. Villemain, mais par d'autres arguments, que le véritable auteur des poésies mises sous le
nom de Clotilde est le marquis de Surville. « Entre
» Tressan rajeunissant le vieux style, dit-il, et Surville
» envieillissant le moderne, il n'y a qu'un pas; ils se
» rejoignent. » Un autre argument de M. Sainte-Beuve,
dont il a déjà été question dans quelques-uns des articles critiques que nous avons analysés, et sur lequel
nous reviendrons tout à l'heure, c'est l'étrange ressemblance qui existe entre deux des pièces qui figurent dans
le recueil des poésies de Clotilde et deux célèbres pièces fugitives de Voltaire. Enfin, un dernier argument
apporté par M. Sainte-Beuve à l'appui de sa thèse,
est l'extrait d'une lettre dans laquelle M. Lavialle de
Masmorel, président du tribunal de Brives et ancien
député de la Corrèze, affirme que son père, compagnon
d'exil et ami intime du marquis de Surville, avait fini
par arracher de celui-ci l'aveu qu'il était réellement
l'auteur des poésies publiées sous le nom de son aïeule.

Ce dernier argument a paru très-grave à l'un des écrivains modernes les plus remarquables du Dauphiné.
L'auteur de la très-savante et très-importante *Histoire
du Droit criminel*, M. Albert du Boys, publiant, à la fin
de l'année 1843, sous le titre d'*Album du Vivarais* ([1]),
un curieux ouvrage où il essayait de faire connaître et

([1]) In-4° de 270 pages, avec gravures, p. 214 et 266.

apprécier, non-seulement les beautés naturelles, mais toutes les gloires de cette partie du Languedoc qui constitue aujourd'hui le département de l'Ardèche, se trouve fort embarrassé. Dans son texte, à l'article Vallon, il rompt une lance en faveur de l'authenticité des poésies de Clotilde que tous les habitants de ce pays revendiquent énergiquement; mais, dans une note écrite plus tard, à la fin du volume, il semble convaincu, ou du moins fortement ébranlé par le témoignage de M. Lavialle de Masmorel, et ne combat plus guère que pour l'authenticité de l'existence de Clotilde, paraissant abandonner celle des poésies.

C'est ainsi que la pauvre Clotilde semble avoir perdu même ses derniers champions. Aux yeux des critiques, la question paraît décidée, résolue, tranchée définitivement, et, quoiqu'ils ne s'entendent pas sur la question de savoir si l'auteur de ces poésies est le marquis de Surville ou bien Vanderbourg, tous s'accordent, du moins, à proclamer et à reconnaître qu'elles sont de fabrication moderne et n'ont rien d'authentique. C'est ce que dit ou insinue l'auteur de l'article *Surville* dans la *Biographie universelle*, M. Dupetit-Thouars, quoique celui-ci, et ce témoignage a une certaine valeur, dise avoir, dès 1790, connu le marquis de Surville à Paris et avoir vu dès cette époque, entre ses mains, le manuscrit des poésies de Clotilde (¹). La conclusion de Barbier, dans

_____

(1) Je ne parle ici que de la première édition de la *Biographie universelle*. Dans la nouvelle édition, en effet, dans la réimpression de Mme C. Desplaces (gr. in-8°, t. xl, p. 459), M. Gustave Brunet a refondu l'article du marquis de *Surville*, et, s'appuyant sur les documents analysés par moi dans le *Journal de l'Instruction pu-*

son *Dictionnaire des anonymes et pseudonymes* (¹), est
beaucoup plus nette : il n'hésite pas, en effet, à attribuer
ces poésies au marquis de Surville, dont, sans que je
puisse comprendre cette altération inutile et calom-
nieuse de l'histoire, il fait, non pas un émigré rentré
en France, mais un voleur de grand chemin *condamné
à mort, à Montpellier, pour vol de diligences !* Voilà cependant comment des écrivains, estimés, consultés,
faisant autorité, osent écrire l'histoire ! Chose plus curieuse ! Quérard, dans sa *France littéraire* (²), et Brunet,
dans son *Manuel du Libraire* (³), non-seulement, ce qui
est très-innocent, attribuent l'un et l'autre, comme
Barbier, les poésies de Clotilde au marquis de Surville,
mais, ce qui l'est un peu moins, reproduisent les ca-
lomnies sur les motifs de sa condamnation, et, pour que
rien n'y manque, Barbier fixe la date de la condamnation à 1793, c'est-à-dire cinq ans avant la date véritable !
Nous reviendrons sur ces faits dans un instant; ache-
vons de résumer les opinions des critiques modernes.

Aucun d'eux, je le répète, n'est favorable à Clotilde ;
tous croient à une supercherie, tout en différant sur le
nom de son auteur. Ainsi, dans le 85ᵉ volume de la

---

blique, il reste convaincu : 1° que Vanderbourg s'est borné au rôle
d'éditeur ; 2° que le marquis de Surville était incapable de fabriquer
les vers publiés sous le nom de son aïeule. C'est une première victoire que j'ai obtenue ; il reste à la compléter. M. G. Brunet en avait
déjà dit un mot dans le journal l'*Intermédiaire* (n° du 15 février
1864).

(¹) T. III, p. 662, n° 21752.
(²) T. IX, p. 297.
(³) T. I, p. 714.

Biographie universelle publié en 1863 (¹), mon ancien
collègue M. Valentin Parisot, auteur de l'article *Vanderbourg*, n'hésite pas à considérer celui-ci comme
l'auteur de la plus grande et de la meilleure partie des
œuvres de Clotilde. C'est ce que dit plus explicitement
encore M. Bouillet, à l'article *Surville* de son *Dictionnaire*: « Il n'existe plus aujourd'hui de doute à ce sujet,
» et M. de Vanderbourg est reconnu pour le véritable
» auteur des poésies de Clotilde, malgré les ruses ingé-
» nieuses par lesquelles il sut longtemps accréditer cette
» innocente imposture littéraire (²). » Il en est de
même de M. Tissot, qui, tout en insérant dans ses *Leçons
et modèles de littérature française* deux des pièces les
plus charmantes et les plus justement populaires de
Clotilde, semble demander grâce pour cette hardiesse,
et a bien soin, en citant M. Villemain, de parler de
supercherie et *d'œuvres prétendues* (³). Aujourd'hui même
l'on semble plus sévère. Ainsi M. Nisard, M. Géruzez,
M. Demogeot, dans leurs histoires de la littérature française, ne prononcent même pas le nom de Clotilde, et
passent immédiatement du *Roman de la Rose* à Charles
d'Orléans et à Villon. Il en est de même de deux de nos
collègues, auteurs de thèses remarquables sur deux de
nos poètes français du xvᵉ siècle. M. Campeaux, dans
sa thèse sur Villon (⁴), et M. Beaufils, dans celle qu'il a

(¹) Supplément de l'ancienne édition in-8°.
(²) Dans les dernières éditions, M. Bouillet, comme M. G. Brunet,
se rectifie et paraît convaincu par mes articles qu'il cite en adoptant
leur conclusion.
(³) T. ii, p. 93 et suiv.
(⁴) In-8° de 392 pages, Paris, Durand, 1859.

consacrée à Charles d'Orléans (¹), se taisent complètement sur celle que, pendant les années qui suivirent la
publication de ses poésies, il avait été de mode d'appeler
la *Sapho moderne* et la **Muse de l'Ardèche**. Tous, sans
doute, craignent de paraître dupes d'une supercherie à
leurs yeux bien constatée, et tous, sans doute, adoptant
la conclusion de Daunou, évitent de faire à Vanderbourg
l'honneur de compter ses productions parmi les chefs-
d'œuvre de la poésie française au XVᵉ siècle.

IV.

Erreurs des opinions aujourd'hui admises. — Preuves ; documents inédits.

En résumé, les opinions des critiques, plus ou moins
célèbres et accrédités, dont nous venons de parler,
peuvent se ramener à deux. Aux yeux des uns, l'auteur
des poésies publiées sous le nom de Clotilde est le marquis de Surville, *qui aurait essayé*, suivant les expressions de M. Villemain, *de vieillir sa muse ;* aux yeux des
autres, l'auteur véritable de ces petits chefs-d'œuvre serait Vanderbourg lui-même, qui s'en était seulement dé-
claré l'éditeur. A ces deux opinions, la lecture des curieux documents que nous allons publier pour la pre-

---

(¹) In-8° de 243 pages. Coutances, 1861.

mière fois pourrait suggérer l'idée d'en ajouter deux
autres, et l'on pourrait, un instant, songer à faire, dans
la rédaction des poésies de Clotilde, une part plus ou
moins considérable à deux personnages peu connus,
mais que nous allons aussi faire connaître : Madame la
chanoinesse de Polier et M. le marquis de Brazais. C'est
là un point de vue tout nouveau, auquel personne
n'avait pensé ni pu penser, qui est très-spécieux, qui
pourrait tenter quelque écrivain plus amateur d'un pa-
radoxe que de la vérité absolue, un point de vue que
nous examinerons à son tour, mais, hâtons-nous de le
dire tout de suite, pour le réfuter immédiatement après
l'avoir fait naître.

J'ai, en effet, entre les mains, grâce à des recherches
personnelles et à de bienveillantes communications, sur
cette question débattue depuis soixante ans, des documents de deux espèces. D'abord, et ceci n'a pas été
pour moi la partie la plus facile à me procurer, les extraits des œuvres de Clotilde publiés pour la première
fois dans le *Journal littéraire de Lausanne*, extraits antérieurs de plusieurs années à l'édition de Vanderbourg
et que Vanderbourg ne put, malgré sa bonne volonté,
avoir sous les yeux ; en second lieu, des documents
manuscrits, authentiques, complétement inédits, et qui
eux-mêmes se divisent en deux classes.

Dans la première catégorie je range ces vingt-huit
documents que j'ai déjà analysés dans trois articles du
Journal général de l'Instruction publique ([1]), que je donne

___

([1]) T. xxxii, nᵒˢ 9, 10 et 25, 31 janvier, 4 février et 28 mars
1863.

intégralement dans les pièces justificatives de ce volume, et dont je dois la communication à M. de Watré, propriétaire du château du Pradel, c'est-à-dire de la demeure d'Olivier de Serres, le célèbre agronome, et parent de Madame la marquise de Surville, dans l'héritage de laquelle se sont trouvés compris, avec le testament olographe d'Olivier de Serres, les documents dont je vais me servir (¹). Ces documents consistent en : 1° vingt et une lettres *autographes* de Vanderbourg, écrites de 1801 à 1805, dont plusieurs ont cinq et six grandes pages, qui portent presque toutes le timbre de la poste, et qui sont adressées *à Madame de Surville, au château du Pradel, près de Villeneuve-de-Berg* (Ardèche); 2° deux lettres moins importantes sans aucun doute, mais qui ont aussi quelque valeur et quelque intérêt, adressées à Madame de Surville par l'éditeur de Clotilde, le libraire Heinrichs : 3° une lettre d'une ancienne amie du marquis de Surville, Madame de Chabanolle, envoyant à la veuve de celui-ci un dépôt qu'il lui avait confié, c'est-à-dire les manuscrits dont Vanderbourg s'est servi pour son édition; 4° deux lettres de la chanoinesse Madame de Polier qui va nous occuper tout à l'heure, qui avait déjà inséré dans

---

(¹) Madame de Surville, dont il sera beaucoup question dans toute la suite de ces Études, était fille du marquis d'Arlempdes de Mirabel. La sœur de son père est la grand'mère de M. de Watré. D'un autre côté, le petit-fils de l'illustre agronome, François de Serres, avait épousé Mlle Louise d'Arlempdes. C'est par suite de ces alliances que M. de Watré est devenu propriétaire du château historique du Pradel, près de Villeneuve-de-Berg (Ardèche), du testament d'Olivier de Serres, et de la correspondance qu'il a bien voulu mettre à ma disposition. (Voir les *Recherches historiques sur Villeneuve-de-Berg*, par M. l'abbé Mollier, in-8°. Avignon, 1866, p. 112 et 414).

le journal qu'elle rédigeait à Lausanne quelques-unes des poésies de Clotilde, et qui voulait enlever à Vanderbourg l'honneur de publier l'édition complète; 5° un billet, très-curieux, du marquis de Brazais, ami de Madame de Polier et ancien ami du marquis de Surville, qui voudrait bien aussi prendre sa part dans cette publication; 6° enfin, l'original autographe de la belle lettre écrite par le marquis de Surville à sa femme, la veille de sa mort, au mois d'octobre 1798, lettre datée des prisons du Puy, et non pas le moins du monde de Montpellier, quoi que puissent en dire Barbier, Brunet et Quérard, qui se copient avec une si étrange complaisance; en résumé, vingt-huit pièces inédites, d'une grande valeur, d'une authenticité qui défie tout soupçon et toute espèce de doute, et qui jettent un jour tout nouveau sur cette question d'histoire littéraire si vivement débattue.

Dans la seconde catégorie, je place d'autres documents qui sont loin d'avoir la même valeur, mais qui ont aussi leur importance et leur curiosité : 1° les poésies du marquis de Surville, les unes imprimées en brochures, tellement introuvables aujourd'hui que M. Sainte-Beuve déclare n'avoir pu se les procurer; les autres manuscrites, autographes, dont personne n'a soupçonné l'existence, et dont je dois la communication, soit à M. de Watré, soit à M. de Bernardi, ancien officier de la garde royale, ancien député, habitant aujourd'hui Carpentras, fils d'un ancien membre de l'Institut (¹) et allié à la famille

---

(¹) M. de Bernardi père, mort en 1824, successeur de Lévesque et prédécesseur de M. Hase à l'Académie des Inscriptions, est l'auteur de plusieurs travaux de législation, et surtout d'une restaura-

de Surville ; 2° une biographie et des extraits très-curieux des œuvres complétement inédites du marquis de
Brazais, ami d'André Chénier, de Madame de Polier et
de M. de Surville. Je dois la communication de ces
derniers documents, qui sont toute une révélation, qui
nous font connaître un poète très-distingué du XVIII° siècle, à la bienveillance de M. le vicomte de Roquefeuil,
auditeur à la cour des comptes, petit-fils du marquis de
Brazais et propriétaire des manuscrits autographes de
son aïeul.

A l'aide de ces documents, la plupart inédits, presque
tous inconnus, nous allons reprendre complétement la
question, et prouver que les poésies de Clotilde ne sont
l'œuvre ni du marquis de Surville, ni de Madame de
Polier, ni de M. de Brazais, ni, encore bien moins, de
Vanderbourg, et, par conséquent, qu'elles appartiennent bien, pour le fond au moins, sinon pour la forme
sous laquelle elles nous sont parvenues, à une femme
poète du XV° siècle. Que les lecteurs veuillent bien suivre avec quelque attention les développements dans
lesquels nous allons successivement entrer, et nous sommes convaincu à l'avance qu'ils adopteront la conclusion à laquelle nos études nous ont nous-même conduit.

---

tion de la *République* de Cicéron, antérieure aux découvertes du cardinal Angelo Maï.

V.

L'auteur des poésies de Clotilde ne peut pas être le marquis de Surville. — Biographie et œuvres de celui-ci.

Dans sa préface des œuvres de Clotilde (¹), Vanderbourg donne quelques renseignements biographiques, très-sommaires, très-insuffisants et très-incomplets, sur le marquis de Surville, propriétaire des manuscrits dont Vanderbourg a été tout simplement le patient, désintéressé et fidèle éditeur. Il se nommait Joseph-Etienne et était né dans le Vivarais en 1755. Nous rencontrons, en effet, au xviiᵉ siècle, sous Louis XIV, un général de Surville, dont parlent fréquemment Dangeau dans son *Journal* et Saint-Simon dans ses *Mémoires*, qui s'était distingué dans plusieurs circonstances, notamment au siége do Namur en 1692 et à l'héroïque défense de Lille, sous les ordres du maréchal de Boufflers en 1708 ; cadet de la maison de Hautefort en Périgord, gendre du maréchal d'Humières ; ayant, si nous en croyons Saint-Simon, des mœurs corrompues, un courage équivoque, un esprit borné ; qui, dans tous les cas, se perdit, en 1709, lors du siége de Tournay par les alliés, ville qu'il était chargé de défendre et qu'il rendit par capitulation au

---

(¹) Edit. de 1803, in-8°, p. 9.

bout de vingt jours ; qui alla, enfin, s'enterrer chez lui
en Picardie (¹). Au xviiiᵉ siècle, nous rencontrons un
autre Surville, officier de marine, né à Port-Louis en
Bretagne, auteur de diverses découvertes en Océanie,
mort en 1771. Mais ni l'un ni l'autre n'appartenait à
la famille des Surville du Vivarais, famille assurément
très-ancienne, mais dont les titres généalogiques, comme
le dit Vanderbourg et comme le confirme M. de Bernardi
dans une lettre que j'ai entre les mains, furent brûlés
à Viviers, en 1793, par l'ordre et sous les yeux du comité révolutionnaire de cette ville. C'est à cette dernière famille, qui n'a de commun que le nom avec les
Surville du Périgord et avec ceux de Bretagne (²) qu'appartiennent et Clotilde et le marquis Joseph-Etienne
auquel nous revenons.

Enthousiasmé par les idées philosophiques du xviiiᵉ
siècle, et surtout par les écrits de Jean-Jacques Rousseau,
Jean-Etienne, marquis de Surville, alla, avec Rocham-
beau et Lafayette, servir comme volontaire la cause de
la liberté en Amérique, et quelques-uns de ses écrits,
que j'ai entre les mains grâce à la bienveillance de sa
famille, portent la trace de cet enthousiasme ardent,
passionné, sincère, convaincu, pour ces idées de liberté,
d'égalité, de rénovation sociale, dont, comme tant
d'autres gentilshommes ses contemporains, il n'avait

(¹) Mémoires de Saint-Simon (édit. Cheruel), in-8°, t. v, p. 52,
77, 100, 266 ; t. vi, p. 377 ; t. vii, p. 2, 220, 356 et suiv. ; t. xviii,
p. 335.

(²) Il en est de même d'une famille de Surville établie en Dauphiné où elle a construit le château d'Eybens, et d'autres du même
nom qu'on trouve à Montpellier, à Paris, etc.

prévu ni l'extension ni les conséquences. Il avait rap-
porté de ces voyages deux idées constantes : la conviction
qu'il était poète, manie du temps, et qui lui était commune avec beaucoup de jeunes gentilshommes de son
époque, et une haine profonde contre l'Angleterre qu'il
avait combattue en Amérique. La première de ces idées
se fit jour, pendant les années qui suivirent son retour
en France, par une foule de productions poétiques :
stances, *hymnes*, *odes*, *épodes*, *polyodes*, *cantates*, qu'il
publia en brochures, de 1782 à 1786, et sur lesquelles
nous reviendrons tout à l'heure ; la seconde se manifesta
dans diverses circonstances, et surtout par un épisode
qui est un des faits les plus étranges de cette vie si agi-
tée, si courte et si tragiquement terminée. En 1785, il
était capitaine au premier régiment d'infanterie qui
portait le titre de Régiment de Picardie ou de Colonel-
Général, et en garnison à Schlestadt. Dans un voyage
qu'il fit à Strasbourg, il lui échappa, à table d'hôte, des
sorties violentes contre les officiers de la marine anglaise qui, disait-il, gorgeaient leurs équipages de tafia,
de rhum et autres liqueurs fortes, avant de les faire
combattre, pour les étourdir sur le danger de s'attaquer
aux Français, de telle façon, ajoutait-il, qu'à toutes
les fois que des bâtiments anglais amenaient leur pa-
villon, on était forcé de hisser les matelots à bord des
bâtiments français *comme des paquets de linge sale*. Ces
invectives furent énergiquement relevées par des officiers anglais qui se trouvaient à la même table d'hôte,
et, quelques mois après, le marquis de Surville, alors
âgé de trente ans et déjà marié, se battit en duel contre
un de ces officiers qui l'avait immédiatement provoqué.
Il a raconté lui-même, non pas *en vers très-piquants*,

comme le prétend l'auteur de sa notice dans la *Biographie universelle*, mais dans deux lettres en prose adressées à un ami qu'il appelle Corradino, lettres imprimées à Schlestadt et que j'ai sous les yeux, toutes les péripéties de ce duel au sabre où les deux adversaires reçurent l'un et l'autre plusieurs blessures.

Ce fut aussi, à ce qu'il paraît, vers la même époque, peu de temps après son retour en France, et avant ce duel dont nous venons de parler, que le marquis de Surville retrouva les poésies de son aïeule Clotilde, et que, aidé d'un feudiste, comme son frère le raconta à Vanderbourg, il se mit à les déchiffrer, à les transcrire, et peut-être aussi, comme nous entendrons M. de Brazais le déclarer, à les arranger, à les embellir ou à les gâter, à rajeunir les unes, à vieillir les autres. Du moins, M. Dupetit-Thouars, son biographe, affirme-t-il avoir vu, dès 1790, à Paris, ce manuscrit entre les mains de M. de Surville, témoignage important et confirmé par celui du frère même du marquis, *l'abbé* de Surville, comme on a continué de l'appeler dans sa famille, quoiqu'il ne soit jamais entré dans les ordres, mais parce que, au moment de la Révolution, il faisait ses études à un séminaire et avait été pourvu d'un bénéfice. Celui-ci, mort en 1837 seulement, aux bains de Gréoulx en Provence, était un parfait honnête homme. Dans sa belle lettre d'adieux à sa femme, le marquis de Surville dit, en parlant de son frère : *Il est, sans contredit, l'être le plus vertueux, le plus noble, le plus solidement pensant que je connaisse au monde. Toute l'armée, tous les honnêtes gens, ceux-là même qui ne l'ont vu qu'un instant, t'en rendront un pareil témoignage.* Un de ses parents, M. de Bernardi, dont je parlais tout à l'heure, dans une lettre que j'ai sous les yeux, lettre en date du 27 janvier 1862, s'exprime ainsi sur le compte de cet honnête homme qu'il a parfaitement connu : *Notre excellent oncle de Surville, d'un caractère si égal, si parfait, que toutes les familles brouillées, tous les ménages en désaccord, le prenaient pour arbitre de leurs différends, et qu'il allait rajustant et pacifiant tous les malentendus.* Or, cet homme sur le compte duquel tout le monde est si parfaitement d'accord, cet excellent, cet honnête homme, à peine rentré en France après l'émigration et instruit par sa belle-sœur du projet de publication des œuvres de son aïeule, écrit à Vanderbourg pour l'informer qu'il se rappelle parfaitement avoir vu son frère découvrir de vieux papiers de famille dont, avec l'insouciance de son âge, il n'avait compris ni la nature ni l'importance, mais que le marquis transcrivait avec l'aide d'un feudiste dont il avait oublié le nom. Or, à la même époque où le frère du marquis de Surville transmettait à Vanderbourg ces témoignages qui, dans sa bouche ou sous sa plume, ont une si grande valeur, un ancien officier du régiment dans lequel servait M. de Surville, officier alors retiré à Quimper, M. de Fournas, dont Vanderbourg dans sa préface ne donne que l'initiale mais qu'il nomme dans sa lettre du 2 décembre 1802 (¹), lui affirmait avoir vu entre les mains de son ancien compagnon d'armes un manuscrit *dont le caractère était à peine lisible,* contenant des poésies que celui-ci transcrivait ou traduisait, attendu que M. de Fournas, qui n'avait pas plus que les hommes de sa

_____

(¹) Voir préface, p. XIII, et pièces justificatives de notre recueil, n° 12.

4

génération fait de profondes études philologiques,
prétend qu'elles étaient écrites *en languedocien*. Voilà
de très-importants, de très-précieux, de très-incontesta-
bles témoignages, auxquels vient s'en ajouter un autre
que personne jusqu'ici n'a cité ni même connu, je veux
parler de celui du marquis de Brazais, non-seulement
dans cette lettre autographe que j'ai entre les mains et
dont on trouvera le texte plus loin (¹), et dans laquelle
il raconte si naïvement le travail de révision, d'amélio-
ration, de correction, qu'il a vu accomplir par le marquis de Surville sur les poésies de son aïeule, mais
dans des extraits de ses œuvres inédites qui m'ont été
transmis par son petit-fils, M. le vicomte de Roquefeuil,
que je donne également dans les pièces justificatives (²),
et dans lesquels nous entendons le vieux gentilhomme,
l'ami d'André Chénier et du marquis de Surville, s'écrier,
avec un enthousiasme tout juvénile, en parlant des
manuscrits *originaux* de Clotilde que le marquis de
Surville arrangeait : JE LES AI TOUS VUS ! et, plus loin :
ET MOI, JE LES AI VUS, CES CHEFS-D'ŒUVRE DE GÉNIE ET DE
FLAMME !

Ainsi, non-seulement le marquis de Surville a persisté jusqu'à l'instant de la mort (sa belle lettre à sa
femme le prouve), à protester en faveur de l'authenticité des poésies de son illustre aïeule, mais le témoignage de son frère, celui de son biographe Dupetit-
Thouars qui l'avait connu, celui de son ancien compagnon d'armes M. de Fournas, celui, enfin, de son ami
d'exil et complice (nous verrons tout à l'heure dans quel

_____

(¹) Pièces justificatives n° 5.
(²) *Ibid.* n° 29.

sens et jusqu'à quel point), je veux dire le marquis de
Brazais, sont là pour démontrer que le marquis de Surville
a eu, quelque temps du moins, entre les mains, des
manuscrits anciens et originaux de poésies qu'il a transcrites, embellies, gâtées probablement sur beaucoup de
points, mais qu'il n'a pas inventées, et j'ajoute tout de
suite, sauf à le prouver surabondamment tout à l'heure,
qu'il était complétement incapable d'inventer.

J'achève d'abord le peu que nous connaissons de sa
vie. Comme tant d'autres gentilshommes qui s'étaient
montrés pleins d'enthousiasme pour les idées nouvelles
sans se douter de leur portée, il fut effrayé en voyant
la Révolution attaquer et saper toutes les bases du vieil
état de choses, et, fervent royaliste, il alla rejoindre dans
l'exil les frères de Louis XVI, les princes du sang, les
représentants des plus illustres familles de France. Sans
qu'il nous soit possible de le suivre dans toutes les
phases de l'émigration, nous voyons du moins, dans la
première des lettres de Vanderbourg, qu'il était à Dusseldorf en 1794, et que ce fut là que Vanderbourg eut
la première connaissance des poésies de Clotilde, dont
il ne pouvait guère assurément se douter qu'on l'ac-
cuserait un jour d'être l'auteur. Nous voyons, ensuite,
le marquis de Surville venir résider à Lausanne, où, en
1797 et 1798, il publie, dans le *Journal littéraire* rédigé par Madame la chanoinesse de Polier, les premiers
extraits des œuvres de Clotilde qui aient vu le jour.
Quelque temps après, le marquis de Surville, toujours
ardent et chevaleresque, quoiqu'il eût achevé sa qua-
rante-troisième année, rentre en France, secrètement,
avec une mission confidentielle du comte de Provence,
depuis Louis XVIII, pour réveiller les sentiments roya-

listes dans les provinces du Midi, trouvé quelque temps
un asile sûr dans la famille de Chabanolle, au Puy,
quitte cet asile par dévouement, est saisi, et, en vertu
des lois d'exception de la Convention que le Directoire,
au milieu des agitations, des complots, de la guerre
civile non encore éteinte, n'avait pas abolies, est traduit
devant un conseil de guerre, condamné à mort, et
fusillé le 2 octobre 1798, au Puy-en-Velay, dans le département de la Haute-Loire, comme criminel d'Etat,
et non pas *comme voleur de diligences, en* 1793, à Montpellier, comme le disent, je ne sais vraiment pourquoi,
Barbier, Brunet et Quérard ([1]).

Il résulte bien clairement de là que le marquis de
Surville avait avec lui, en exil, et à son retour clandestin en France, sinon les originaux, du moins les
copies et les transcriptions qu'il avait faites lui-même
des poésies de son aïeule Clotilde. Il ne les a donc pas
inventées ; j'ajoute, et c'est ce qu'il me reste à démontrer, qu'il en était incapable. Cette démonstration, sur
laquelle Vanderbourg a glissé dans sa préface, et qui
ne plaisait pas à l'amour-propre du frère du marquis
de Surville ([2]), est pour nous d'une trop complète évidence, lorsque nous voyons ses essais littéraires et ses
œuvres poétiques, de quelque nom pompeux qu'il lui
plaise de les décorer. C'est une petite étude que

([1]) Charles Nodier, qui prétend *avoir eu l'honneur* de le rencontrer dans deux occasions, le fait mourir *à la Flèche !* (*Questions de
littérature légale*, p. 80). Tout cela est de la même force et a la
même valeur.

([2]) Voir la lettre de Vanderbourg du 9 juin 1803. Pièces justificatives n° 17.

M. Sainte-Beuve regrette de n'avoir pu faire ([1]), et que les communications que nous avons reçues nous rendent très-facile.

Prenons donc quelques-uns de ces essais et tâchons d'y découvrir quelque chose de ce goût, de cette verve, de cette inspiration, de ce génie poétique qu'il aurait fallu pour inventer Clotilde, et pour écrire sous son nom des vers tour à tour si énergiques, si touchants et si gracieux. Or, c'est une chose impossible. Dans ces informes essais du marquis de Surville, le style et le fond sont à la même hauteur, et ce qui y frappe, c'est tout à la fois la pauvreté des idées, la platitude et l'emphase, l'absence de tout rhythme et de toute harmonie. Parmi ces essais, se trouve un hymne sur la *Passion de Jésus-Christ* ([2]), dont la strophe suivante donnera une idée :

([1]) « J'avais songé d'abord à découvrir dans les recueils du XVIIIe » siècle quelques vers signés *de Surville, avant qu'il se fût vieilli,* » à les mettre en parallèle, comme mérite de forme et comme ma- » nière, avec les vers que nous avons de Vanderbourg, et à instruire » ainsi, quant au fond, le débat entre eux. *Mais ma recherche a été* » *vaine; je n'ai rien pu trouver de M. de Surville,* et il m'a fallu » renoncer à ce petit parallèle qui m'avait souri. » (*Tableau, etc.,* p. 487.) — Moins réservé que M. Sainte-Beuve, M. Gustave Brunet, dans l'article, du reste excellent, qu'il a consacré au marquis de Surville (nouvelle édit. de la *Biographie universelle,* t. XL), a commis une grave erreur en disant que M. de Surville avait composé bien des poésies *qui n'ont pas été imprimées et qui ne méritent nullement de l'être.* Qu'elles ne le méritassent pas, d'accord ; mais, par malheur, elles l'ont été, et, cette fois, la science bibliographique de M. G. Brunet s'est trouvée en défaut.

([2]) Brochure in-8° de 21 pages, sans lieu ni date, *Imprimerie de Léonard Danel.*

O doux Sauveur, source de vie !
Ton père est donc aussi ton roi ?
Ton humanité *poursuivie*
Du trépas a connu l'effroi !
La tristesse qui te consume,
De ce calice d'amertume
Ne saurait bannir *les horreurs !*
A l'égal de ta créature,
Suprême auteur de la nature,
En éprouves-tu les terreurs ?

Ce sont là, dira-t-on peut-être, des essais d'écolier ;
soit. Mais je trouve d'autres morceaux publiés en 1782,
1785, 1786, après le moment où M. de Surville avait
entre les mains les manuscrits de son aïeule, à l'époque
où, suivant d'autres, il fabriquait les poésies de Clotilde,
et, en vérité, ceux-ci ne valent pas mieux que les pré-
cédents. Voici, par exemple, comment débutent des
Stances aux mânes du grand Rousseau qui font partie
d'un recueil imprimé en 1786, sous le titre d'*OEuvres
lyriques d'un chevalier français* (¹) :

Vous qu'après tant d'hyvers poursuit la noire Envie,
Manes infortunés, souffrez que mes accents
Vengent de sa fureur, non encore assouvie,
L'inimitable objet de mon premier encens !

J'ouvre une autre pièce intitulée les *Fastes de la ma-
çonnerie* (²), et je lis des strophes telles que celle-ci :

(¹) C'est sous ce titre que Sainte-Beuve et M. G. Brunet auraient
pu trouver les essais poétiques du marquis de Surville dont aucun
n'est signé.

(²) In-8° de 21 pages, 1785.

D'un peuple inhabile à construire
L'élite s'assemble à sa voix ;
Il ne dédaigne pas d'instruire
Les ouvriers dont il fait choix.
Un seul mot les métamorphose ;
Chacun, en silence, dispose
Un plan qui règle ses travaux !
Et quels magnifiques présages
Ne garantit la main des sages
Dont la vertu fit des rivaux ?

On est édifié, je suppose, et je ne voudrais pas trop prolonger ces citations. Encore quelques-unes pour achever la démonstration.

Dans une pièce qui a pour titre *La punition des Barbaresques*, *Polyode*, et pour date 1782 ([1]), je trouve des vers tels que ceux-ci :

Que vingt puissances couronnées,
Sourdes à nos gémissements,
Pour leurs querelles insensées
Jonchent de morts deux éléments !
Trop, au gré de ces cours altières,
Ils ont *engraissé nos frontières*,
Rougi la surface des mers ;
Sans qu'une ligue parricide,
Au-delà des bornes d'Alcide,
En assouvisse les enfers !

Dans une autre de la même année, portant également le titre de *Polyode*, et ayant pour sujet *Les voyages et la mort de Cook* ([2]), le poète débute ainsi, exorde que la suite ne dément pas :

([1]) In-8º de 26 pages.
([2]) In-8º de 26 pages.

Cessez de m'agiter encore ,
Je cède à *vos accès brûlants ,*
Divinités de mon aurore ,
Guidez sans cesse *mes élans !*
Vous le savez : la Renommée
De son enivrante fumée
Jamais ne flatta nos désirs.
Sa cour, *ombrageuse affluence ,*
N'a pu *d'une aride influence*
Faner le champ de nos plaisirs.

Citerai-je, enfin, quelques vers de l'*Epode* qui a pour titre l'*Amérique délivrée*, pour date 1781, et dont le sujet aurait dû inspirer un des volontaires qui étaient allés combattre pour l'indépendance des colonies anglaises contre leur métropole (¹)? Essayons de prendre les moins mauvais :

Ainsi de Washington *l'influence motrice ,*
Des *ligues* sans vigueur qu'unissait le caprice ,
Vers le plus noble objet dirigea les serments ,
Et forma , des débris *d'un parti corruptible ,*
          Ce corps indestructible
Qui d'un peuple-héros *jeta les fondements !*

Voilà comment écrivait le marquis de Surville , qui, cependant, se croyait un poète, qui avait, il le pensait au moins, des envieux auxquels, dans l'*Epilogue* de son recueil, il dit fièrement :

Censeurs , qui m'enviez un don qui vous irrite ,
En quoi son faible éclat peut-il blesser vos yeux?
Parlez! aux champs de Mars , aux plaines d'Amphitrite,
M'a-t-il fait démentir le sang de mes aïeux ?

(¹) In-8º de 18 pages.

Assurément Vanderbourg n'a pas été trop sévère dans le jugement qu'il a porté de ces tristes essais qui prouvent, comme il le dit très-bien, que le marquis de Surville avait plus de zèle que de talent pour la poésie. Mais qui pourrait, après avoir lu ces citations, admettre encore que le même homme qui a écrit ces vers serait celui qui aurait écrit, *en vieillissant sa muse*, le *Chant royal à Charles VIII*, l'*Héroïde à Bérenger*, et surtout les *Verselets à mon premier-né*, cette *adorable pièce*, comme l'appelle M. Sainte-Beuve, *où*, pour nous servir des paroles mêmes de l'illustre critique ([1]), *pour le détail de l'expression et la nuance des pensées, tout est neuf, délicat, distingué, naturel et créé à la fois ?*

A ces preuves, j'en ajouterai une autre, définitive et décisive, je le crois. Peu de temps après la publication, dans le *Journal général de l'instruction publique*, de mes articles sur Clotilde, le 28 avril 1863, M. de Bernardi, ancien député, dont j'ai déjà parlé, voulut bien m'envoyer de Carpentras un autographe du marquis de Surville. C'est un in-4° de 24 pages, d'une très-belle et très-nette écriture, avec notes et renvois, intitulé : *Marguerite-Clotilde-Éléonore de Vallon et Chalys, poète français du quinzième siècle, à S. M. Catherine II, impératrice de toutes les Russies*, 1796. Dans cette épître, composée par le marquis de Surville pendant l'émigration, l'ombre de Clotilde chante et célèbre la gloire de la czarine. Evidemment c'était ici le cas, ou jamais, de faire un pastiche et de prêter à Clotilde, que l'on fait parler, le langage du XVe siècle. Le marquis de Surville

---

([1]) *Tableau*, etc., p. 505.

ne l'essaie même pas, parce qu'il a sans doute la conscience d'en être incapable, et c'est dans la langue du
XVIIIe siècle que Clotilde célèbre la gloire de l'impératrice, défend l'authenticité de ses poésies et raconte, en
vers moins rudes, moins prosaïques, moins obscurs
que ceux que nous avons cités tout à l'heure, quoiqu'ils
soient loin d'être bons et que le ton surtout n'en soit
pas soutenu, l'histoire de la poésie française pendant
le moyen âge. Le marquis de Surville a fait des progrès
depuis les informes ébauches que nous venons de men-
tionner, cela est évident, quoique ce soient encore des
vers d'une étrange facture que ceux-ci, par exemple,
qui sont le début de l'épître :

C'est d'un séjour de paix, auguste souveraine,
Où, de Bassilowitz muse contemporaine,
Je vois de ses enfants les manes tressaillir
Au jour que votre nom sur eux fait rejaillir,
Qu'après trois cents hivers d'un funèbre silence,
Jusqu'au trône des czars *ma fière voix* s'élance !
Ne la dédaignez point ; les marbres de Paros,
Moins que nos chants sacrés, font vivre les héros !

Mais, enfin, deux ans avant sa mort, comme dans sa
jeunesse, le marquis de Surville n'est ni un écrivain
ni un poète, et il n'est que trop évident que, s'il a pu
parfois arranger, modifier, altérer les vers composés
par son aïeule et qu'un heureux hasard lui avait fait
découvrir, il était incapable de les inventer lui-même.
Dans Clotilde, comme le remarque très-justement
Vanderbourg ([1]), les qualités qui frappent et qui char-

([1]) Préface, p. LXXVIII.

ment sont la naïveté, la vérité des sentiments, la propriété des expressions, l'excellent choix des épithètes, la liaison naturelle des idées; dans le marquis de Surville, nous sommes choqués, au contraire, par l'emphase du style, l'exagération des sentiments, la bizarrerie des expressions, le mauvais choix des épithètes, la plus choquante incohérence dans les idées. Jamais on ne fera admettre à un homme de goût que le même écrivain ait pu, à la même époque, ou, si l'on veut, à quelques années de distance, composer des œuvres remarquables, les unes par de si grandes et de si rares qualités, les autres par de si nombreux et de si incontestables défauts.

VI.

Mme de Polier. — Sa part dans la publication des œuvres de Clotilde. — Le Journal de Lausanne.

Ici se présente une autre question. Dans sa préface et dans ses lettres inédites que l'on trouvera plus loin, Vanderbourg indique, à plusieurs reprises, la première publication de quelques-unes des œuvres de Clotilde faite à Lausanne, en 1797 et 1798, dans un journal littéraire rédigé par la chanoinesse Madame de Polier, dons nous donnons également une lettre dans nos pièces justificatives. Quelles sont ces œuvres? Qu'était-ce que Madame de Polier? Quel était le caractère de son journal? Quelle part a-t-elle prise dans cette publication?

Voilà ce que Vanderbourg ne dit pas, et pour cause, ce qu'il aurait bien désiré, mais ce qu'il n'a pas pu savoir, attendu, comme il le déclare, qu'il lui a été impossible de se procurer le *Journal littéraire de Lausanne*.

J'ai été plus heureux que lui, mais non sans peine. Toutes mes recherches dans plusieurs des bibliothèques de Paris, dans celles de Lyon et de Grenoble, avaient été infructueuses, et même, ce qui ne laisse pas que d'être très-curieux et très-bizarre, j'avais, à la suite de deux voyages, acquis la certitude que le *Journal littéraire de Lausanne* ne se trouvait pas à la bibliothèque cantonale de Lausanne. Enfin, de très-heureuses circonstances me mirent, il y a quelques années, en relations avec un homme à la fois très-aimable et très-instruit, M. F. Forel, président du tribunal civil de la petite ville de Morges dans le canton de Vaud, et président, en même temps, de la Société d'histoire de la Suisse romande. Avec une complaisance dont je suis heureux de lui témoigner toute ma reconnaissance, M. Forel mit à ma disposition, à Morges même, un exemplaire de ce journal qui fait partie de la bibliothèque communale de cette ville.

Un mot d'abord sur Madame de Polier, avant d'arriver à l'étude du journal qu'elle rédigea pendant quatre ans. Son nom ne figure pas dans les biographies ordinaires, même dans celles qui ont la prétention d'être universelles(¹). Mais MM. Haag, dans leur savant et

---

(¹) Je dois en excepter la nouvelle édition de la *Biographie universelle,* qui lui a consacré une courte notice (t. xxxiii, p. 618).

précieux recueil intitulé la *France protestante* (¹), ont
consacré de longues notices à la famille de Polier, très-
ancienne et très-influente dans le canton de Vaud dès
le milieu du XVIᵉ siècle, mais originaire du midi de la
France et alliée à de puissantes et célèbres familles,
celles de Saussure, de Chandieu, de Constant, de
Gingins, etc. Parmi les membres très-nombreux de cette
famille, nous nous contenterons de citer, d'abord An-
toine-Louis Polier de Bottens, qui, lui du moins, figure
dans toutes les biographies, né en 1741, assassiné
en 1795, ingénieur en chef de la compagnie anglaise
des Indes, commandant de Calcutta, membre de la
Société asiatique, un des premiers savants qui aient fait
connaître à l'Europe la langue, la littérature, la reli-
gion des Hindous, auteur de nombreux mémoires sur
ces questions, et qui rapporta surtout de ses voyages une magnifique copie des *Védas* en onze volumes
qui appartient aujourd'hui au *British museum* ; — puis
un de ses oncles, Antoine-Noé, premier pasteur de Lausanne, qui fut un des amis et des correspondants de
Voltaire, qui procura à l'auteur de la *Henriade* ses ré-
sidences successives de Montrion aux portes de Lausanne et des Délices près de Genève (²), et que Voltaire
compromit en lui faisant rédiger pour l'*Encyclopédie*
plusieurs articles et notamment les articles *Mages* et
Messie qui sont à peine chrétiens, si bien que D'Alembert lui-même engageait *l'hérétique de Lausanne à faire
patte de velours dans les endroits où il était tenté de trop*

(¹) T. VIII (1858), p. 274 et suiv.
(²) *Corresp. générale de Voltaire* (Édit. Didot), t. XI, p. 680 et
740 ; t. XII, p. 511, 514 et 519 ; t. XIII, p. 132, etc.

montrer la griffe (¹) ; du reste plein de zèle, de bonne foi, de charité, et qui est le père de la célèbre Madame de Montolieu, auteur de plusieurs romans et surtout du *Robinson suisse* que tous nos enfants connaissent. La chanoinesse de Polier qui nous occupe était la nièce du pasteur de Lausanne, et par conséquent la cousine germaine du savant orientaliste et de Mme de Montolieu. Née à Lausanne en 1742, chanoinesse de l'ordre réformé du Saint-Sépulcre de Prusse, dame d'honneur à la cour de Saxe-Meiningen, morte à Rudolstadt en 1817, elle a énormément écrit, soit à Lausanne, soit à Paris où nous la trouvons au commencement de ce siècle. Parmi ses ouvrages, qui sont énumérés dans l'article déjà cité de la *France protestante*, nous signalerons une *Mythologie des Hindous*, dont les matériaux, c'est évident et elle le déclare, furent puisés dans les volumineux manuscrits de son cousin, qui est citée souvent par Heeren, par Creuzer l'illustre auteur de la *Symbolique*, et, enfin, par notre célèbre maître M. Guigniaut. Plusieurs journaux littéraires furent également rédigés par elle, avec peu de succès, à Paris. Mais celui qui fit sa réputation, celui qui nous intéresse spécialement, est le *Journal littéraire de Lausanne.*

Fondé d'abord et rédigé par Lautaire, ce journal devint, à partir de 1794, la propriété de Madame de Polier et forme dix volumes in-8°. Chaque volume est séparé en numéros mensuels de 72 pages chacun, en tête de chacun desquels se trouvent répétées l'indication des bu-

---

(¹) *Corresp. de Voltaire et de D'Alembert*, n°s 21 et suiv. (*OEuvres complètes de Volt.*, édit. Didot, gr. in-8°, 1861, t. viii, p. 536, 620 et suiv.)

reaux d'abonnement et cette mention : *Publié avec privilége exclusif de LL. Excellences* (c'est-à-dire des autorités de Berne, dont le canton de Vaud était alors sujet), et cette épigraphe : *Il emprunte d'ailleurs ce qui fait son éclat.* En tête de chaque numéro se trouvent aussi quatre pages imprimées sur gros papier bleu donnant quelques nouvelles locales, les listes des morts et des naissances de la ville de Lausanne, des réclames, une table des articles insérés dans le journal proprement dit. Or, celui-ci est un singulier mélange d'articles critiques, d'essais littéraires, poétiques ou scientifiques, de charades, de logogryphes, le tout, il faut bien le dire, d'une très-médiocre valeur.

Mais, et c'est là ce qui nous intéresse, aux tomes VIII, IX et X, depuis le mois de juillet 1797 jusqu'au mois d'octobre 1798, nous trouvons dans ce recueil une série d'articles sur Clotilde de Surville, dont le nom était imprimé pour la première fois, et sur toutes ces femmes poètes du moyen âge que la préface de Vanderbourg et l'édition de Charles Nodier mentionnent également. Il est évident que Madame de Polier n'est pour rien dans la rédaction de ces articles; il est très-évident encore, comme me l'écrivait M. Forel, que le style et la nature du sujet ne permettent pas de les attribuer à un écrivain suisse. Tout semble se réunir pour les attribuer au marquis de Surville, alors émigré, réfugié dans le canton de Vaud, et qui, pour la première fois, livrait au public quelques parties des copies qu'il avait faites et emportées avec lui, des manuscrits de ses deux aïeules Clotilde de Surville et Jeanne de Vallon. Du reste, son nom n'apparaît nulle part. Les premiers articles ont pour titre : *l'Hermite de Fribourg, nouvelle accompagnée*

d'une notice sur Clotilde, ancien poète français du xv*
siècle, — article envoyé au rédacteur du Journal littéraire
de Lausanne par l'auteur de Marcoméris ou le beau
Troubadour* ([1]), et Madame de Polier ajoute simplement
en note que *la modestie et la délicatesse de M. M.... ne
permettent pas de livrer son nom au public.* Plus loin,
dans le numéro d'octobre du même volume, après avoir
transcrit un long fragment de l'un des poèmes attribués
à Clotilde ([2]), Mme de Polier ajoute en note : *L'homme de
lettres possesseur de ces précieux manuscrits nous assure
qu'il n'a changé dans ce morceau que quelques mots ac-
tuellement inintelligibles.* Cet *homme de lettres* est incon-
testablement M. de Surville, et c'est ainsi que s'établirent entre lui et Madame de Polier ces relations dont
nous entendrons bientôt Madame de Polier se prévaloir
pour obtenir d'être seule chargée de la publication des
œuvres de Clotilde, et qui expliquent également cette
lettre que M. de Surville lui avait adressée peu d'instants avant sa mort tragique ([3]).

A quelle distance ne nous trouvons-nous pas ici de
ces systèmes, si imperturbablement soutenus et affirmés,
qui font de Vanderbourg l'inventeur et l'auteur des
poésies de Clotilde de Surville ! Vanderbourg, en 1797
et 1798, au moment où ces extraits paraissaient dans le
Journal littéraire de Lausanne, n'était même pas en
Europe, et il n'a jamais pu se procurer, nous l'entendrons s'en plaindre, les numéros de ce journal où se
trouvaient les ouvrages qu'il aurait inventés ! Il faut

([1]) T. VIII, juillet 1797, p. 54.
([2]) *Ibid.*, p. 189.
([3]) Pièces justificatives n° 28.

avouer que, malgré toute leur science et tout leur esprit, Raynouard et Daunou ont eu vraiment la main malheureuse !

Maintenant, en quoi consistent les extraits publiés dans le journal de Lausanne? Ils se divisent en deux parties. Dans les trois premiers numéros, l'éditeur anonyme, mais évidemment le marquis de Surville, encadre dans une sorte de roman, dont j'ai donné le titre tout à l'heure, la biographie de Clotilde qu'il commence en ces termes : *Marguerite-Clotilde-Eléonore de Vallon et Chalys naquit au château de Vallon, dans le Bas-Vivarais, l'an 5, 6 ou 7 du* xve *siècle*, et plusieurs fragments, jusqu'alors complétement ignorés, de ses poésies dont quelques-uns n'ont pas été connus de Vanderbourg, mais se trouvent dans l'édition de Nodier, auquel probablement Madame de Polier les avait communiqués, et dont les autres se lisent dans toutes les éditions de Clotilde. Parmi les premiers, nous trouvons les fameux vers supposés extraits du quatrième chant d'un poème sur la nature :

Que sçavent les humains? Que m'ont appris les saiges?

jusqu'à ce vers très-heureux et très-expressif :

Les meschants seront seuls, et n'aimeront jamais !

la description d'un orage, qui ne se trouve pas non plus dans la collection de Vanderbourg, mais qu'on trouve dans celle de Nodier, et qui se termine par un beau vers :

Faict luyre ung doulx soleil sur nos coupables testes !

5

Parmi les seconds, nous ne trouvons guère que les stances tirées du *Chastel d'amour*, que Vanderbourg a données(¹), et même avec des variantes. Ainsi, dans l'édition de Vanderbourg, la pièce commence ainsi :

> Coridon, qu'az faict de la foy
> Qu'au mien ton cueur avoit jurée ?

Tandis que, dans le *Journal de Lausanne*, le début est :

> Hélas! qu'as-tu fait de ta foy
> Qu'au mien, etc.

Mais tous les numéros suivants, ceux de la fin de 1797 et ceux de 1798, sont remplis par cette histoire des femmes poètes depuis Héloïse jusqu'à Clotilde, que Vanderbourg a résumée sommairement et que Charles Nodier a reproduite plus complètement, sinon d'après le *Journal de Lausanne*, du moins d'après les manuscrits de M. de Surville que lui avait transmis Madame de Polier, série de biographies romanesques en grande partie sans doute, mais accompagnées de citations souvent curieuses et qui prouvent une étude approfondie de notre vieille littérature. Seulement le recueil de Nodier est plus complet que ne le sont les articles du *Journal de Lausanne*. En effet, au mois d'octobre 1798, M. de Surville (nous pouvons maintenant affirmer le fait) annonçait qu'il continuerait cette histoire de la poésie française extraite, suivant lui, des manuscrits de Clotilde ; mais les agitations politiques vinrent mettre un terme à ces projets. L'approche des armées françaises fut pour le

---

(¹) P. 199 de son édit. in-8°.

canton de Vaud le signal de la délivrance ; le parti dé-
mocratique, qui était en même temps le parti national
et indépendant, secoua le joug de l'aristocratie bernoise,
et, au milieu de ces préoccupations, on ne songea plus,
en supposant qu'on y eût jamais beaucoup songé, soit
aux poésies de Clotilde, soit à l'histoire des femmes
poètes, soit aux travaux de Madame de Polier. M. de
Surville vint essayer de soulever le Midi et trouver la
mort au Puy ; le *Journal de Lausanne* cessa de paraître ;
Madame de Polier alla se fixer à Paris où nous la re-
trouverons bientôt.

De cette étude il résulte donc bien clairement que
Mme de Polier s'est bornée à publier, en 1797 et 1798,
dans le *Journal littéraire* qu'elle rédigeait à Lausanne,
les premières poésies de Clotilde qui aient eu les hon-
neurs de l'impression, mais sans en écrire elle-même
une ligne ; que Vanderbourg est parfaitement innocent
de ces publications qu'il ne connut même pas ; enfin,
que Charles Nodier lui-même n'a rien inventé, et que
le recueil publié par lui et son ami de Roujoux n'est
que la reproduction des articles du *Journal de Lausanne*
complétée par les manuscrits que Madame de Polier
avait entre les mains et qu'elle avait transmis aux deux
amis. Ce sont là des résultats nouveaux, inattendus, qui
renversent bien des hypothèses et détruisent bien des
systèmes, mais qui sont parfaitement inattaquables.

VII.

Le marquis de Brazais. — Sa biographie, ses amitiés, ses œuvres inédites ; — sa part dans la publication des poésies de Clotilde ; — son témoignage.

Lorsque, pour la première fois, je me mis à étudier les documents divers, originaux, authentiques, autographes, que me confiait la bienveillante amitié de M. de Watré et que je donne intégralement dans les pièces justificatives de ce volume, je me trouvai fort embarrassé par un petit billet d'une écriture très-fine et très-serrée, en date du 3 mars 1802, dont je ne parvenais même pas à lire très-nettement la signature, et dans lequel un M. de Brazais, qui m'était complétement inconnu, dont je ne trouvais le nom dans aucune biographie, un ami de Madame de Polier et de M. de Surville, sollicitait l'honneur, en raison même de ces relations, d'être l'éditeur des œuvres de Clotilde, dont il avait vu les manuscrits et dont il possédait encore diverses pièces écrites de la main de M. de Surville [1]. Aussi, dans les deux premiers articles que je consacrai, en 1863, à cette question d'histoire littéraire [2], n'avais-je parlé que

---

[1] Pièces justificatives n° 5.

[2] *Journal général de l'Instruction publique*, 31 janvier et 4 février 1863.

d'une manière très-vague et presque dédaigneuse de cet ami du marquis de Surville dont aucune biographie ne mentionne ni les œuvres ni même le nom. Mais dans l'intervalle entre le second et le troisième de mes articles, qui se fit un peu attendre (¹), un de mes collègues, un ancien élève de l'École Normale, M. Clipet, professeur libre à Paris, honorablement connu de la population ouvrière de l'ancien douzième arrondissement par le zèle qu'il montra pour son instruction en 1848 et 1849, m'écrivit pour me donner quelques renseignements sur le marquis de Brazais, homme d'esprit, poète distingué, ancien ami d'André Chénier, et dont la famille occupe encore aujourd'hui un rang honorable. Un petit-fils du marquis de Brazais, M. le vicomte de Roquefeuil, est, en effet, auditeur à la Cour des Comptes, et il a bien voulu, avec une générosité et un zèle dont je suis heureux de lui adresser mes remercîments, me transmettre des renseignements détaillés sur la vie et les œuvres de son aïeul qui se trouve bien plus intimement mêlé à la découverte, à la mise au net, à la publication des œuvres de Clotilde qu'on n'aurait pu le supposer. C'est pour ce motif que nous allons nous y arrêter quelques instants, et ceux de mes lecteurs qui voudront bien me suivre jugeront, je l'espère, que ce n'est pas un hors-d'œuvre.

Jean-Alexandre-Ferdinand du Hamel, marquis de Brazais, était né à Lignerolle en Normandie, dans le département actuel de l'Eure, le 14 juin 1743, d'une famille très-ancienne qui remonte au moins au XIIᵉ siè-

---

(¹) Numéro du 28 mars 1863.

cle. Sa mère descendait du fameux Belain-d'Yel d'Esnam-
buc, le fondateur des premiers établissements français
dans les Antilles sous le ministère de Richelieu. Après des
études commencées au collége de Dreux et terminées au
collége de Beauvais à Paris, le marquis de Brazais entra
au service et fit les dernières campagnes de la guerre de
Sept Ans, puis devint, en 1771, lieutenant au régiment
Dauphin-Cavalerie. Dès cette époque, il s'était occupé de
poésie, et, indépendamment de beaucoup de pièces légères que possède sa famille, il avait composé un poème
étendu intitulé l'*Année* et divisé en quatre chants : le
Printemps, l'Eté, l'Automne et l'Hiver, poème resté également inédit, mais antérieur, par la date de la composition, aux *Saisons* de Saint-Lambert, aux *Mois* de Rou-
cher, aux *Fastes* de Lemierre, aux *Jardins* et à l'*Homme
des champs* de Delille, à beaucoup d'autres œuvres analogues que le XVIIIᵉ siècle vit éclore sous l'influence de
J.-J. Rousseau. Ses études le mirent en rapport avec
André Chénier, et bientôt des liaisons intimes et une
étroite amitié s'établirent entre le marquis de Brazais et
l'auteur du *Jeune Malade*, du *Mendiant*, de la *Jeune
Captive*. André Chénier, d'un goût si sévère et si pur,
soumettait toutes ses pièces, tous ses essais, toutes ses
ébauches poétiques, tant de fois remaniées, à trois amis
qui formaient ce qu'il appelait lui-même son *Aréopage* :
Du Pange, Ecouchard-Lebrun, enfin le marquis de
Brazais, dont le nom revient sans cesse sous sa plume (¹).
Dans sa seconde épître, adressée à Lebrun et à Brazais,

(¹) Voir la notice de M. Becq de Fouquières en tête de sa belle
édition d'André Chénier, grand in-8º, Charpentier, 1862, p. 19 et
23.

et qui renferme de si beaux vers sur l'amitié, nous lisons notamment ceux-ci ([1]) :

> Et toi, dont le génie, amant de la retraite,
> Et des leçons d'Ascra studieux interprète,
> Accompagnant l'année en ses douze palais,
> Etale sa richesse et ses vastes bienfaits,
> BRAZAIS, que de tes chants mon âme est pénétrée !

La cinquième épître, moins étendue, moins poétique, moins heureuse, mais dans laquelle se trouvent aussi de très-beaux vers ([2]), est également adressée au marquis de Brazais que, dans une autre épître adressée à Lebrun ([3]), A. Chénier appelle son *cher Brazais*, dont il se plaint d'être séparé et dont il ne prononce jamais le nom qu'avec tendresse.

L'homme qui inspirait à un poète d'un noble cœur, tel qu'André Chénier, de semblables sentiments, n'était pas et ne pouvait pas être un homme médiocre. Indépendamment de ce poème sur l'année où, comme le dit André Chénier, il avait imité Hésiode, *le chantre d'Ascra*, le marquis de Brazais avait composé un poème sur Psyché qui n'existe plus, et entrepris une épopée sur le *Messie*, qui devait se composer de douze chants dont quatre existent en entier entre les mains de son petit-fils M. de Roquefeuil, sans compter de nombreux fragments des autres et surtout du onzième. Mais la Révolution était survenue dans l'intervalle et, comme une foule d'autres gentilshommes, le marquis de Brazais

---

([1]) *Œuvres d'A. Chénier* (édition citée), p. 304.
([2]) *Ibid.*, p. 318.
([3]) *Ibid.*, p. 310.

avait suivi dans l'exil les princes français. Après avoir
servi dans l'armée de Condé, ruiné, mais puisant sa
force et sa résignation dans ses principes politiques et
religieux, dans le goût des lettres, dans les ressources
précieuses d'un esprit très-cultivé, il parcourut la Hol-
lande, la Prusse, l'Allemagne, la Suisse, Rome, enfin,
où l'appelaient depuis longtemps ses aspirations poétiques et religieuses, jusqu'au moment où le gouvernement réparateur du Consulat rouvrit la France aux
émigrés. Vivant alors dans la retraite, fidèle à son amour
pour les lettres, il continua d'écrire des hymnes, des
traductions (surtout de Virgile son auteur favori), un
poème en trois chants sur les *Abeilles*, et, enfin, un
long ouvrage en prose intitulé *Discours sur la langue
et la poésie françaises*, sorte de cours de littérature dans
lequel l'auteur, à une époque où ces études étaient encore bien neuves, passe en revue tous les poètes et tous
les prosateurs, depuis le quatorzième siècle jusqu'au
commencement du dix-neuvième, chroniqueurs, satiri-
ques, historiens, chansonniers, comiques, fabulistes,
philosophes, tragiques, romanciers, faisant de chacun
d'eux de nombreuses citations qui prouvent à la fois et
la sûreté de son goût et l'étendue de ses connaissances
littéraires. Chevalier de Saint-Louis depuis 1785, re-
traité comme colonel de cavalerie, marié depuis son
retour de l'émigration en 1800, père de deux filles qui
vivent encore aujourd'hui, la comtesse de Brazais, chanoinesse du chapitre royal de Saint-Anne de Munich, et
la vicomtesse de Roquefeuil, l'une et l'autre héritières
de son goût éclairé pour les lettres et de ses précieux
manuscrits, le marquis de Brazais s'éteignit, à Paris, à
l'âge de soixante et quatorze ans, le 17 mars 1817, sans

avoir, vu publier ces travaux qui avaient été le charme de toute sa vie et la consolation de sa vieillesse.

Or, dans ses courses à travers l'Europe pendant l'émigration, en Suisse sans doute et probablement à Lausanne, le marquis de Brazais avait rencontré le marquis de Surville, et une sorte d'intimité s'établit entre ces deux gentilshommes par suite de la communauté de leurs sentiments politiques et de leurs goûts littéraires, quoique l'un fût réellement un poète dans toute l'acception du mot, comme il serait facile de le prouver par quelques citations de ses œuvres qui mériteraient bien de ne pas rester inédites (¹), et quoique l'autre n'eût que des aspirations poétiques démenties par ses œuvres, comme nous l'avons prouvé. Là, aussi, il fit la connaissance de Madame de Polier, avec laquelle il conserva ses relations lorsque celle-ci fut venue s'établir à Paris, et ce fut en Suisse, à Lausanne, que M. de Surville lui communiqua les manuscrits de Clotilde, son plan pour l'édition des œuvres de son aïeule, et, sans aucun doute, les extraits qui parurent, en 1797 et 1798, dans le journal littéraire de Madame de Polier. Tout ceci résulte de plusieurs documents, parfaitement authentiques et jusqu'ici inédits, que j'ai entre les mains.

D'abord, dans la petite lettre de M. de Brazais à Madame de Surville, en date du 3 mars 1802, dont l'original est la propriété de M. de Watré, dont j'ai donné quelques extraits dans mes articles sur Clotilde et que j'insère complétement dans les pièces justificatives de

---

(¹) J'en donne quelques extraits, grâce aux bienveillantes communications de son petit-fils M. le vicomte de Roquefeuil, aux pièces justificatives, n° 29.

cette Etude (¹), nous l'entendons déclarer que M. de
Surville lui avait communiqué tous les manuscrits de
son aïeule ; qu'il l'avait aidé dans la révision et la
correction de plusieurs morceaux ; qu'il avait conçu,
dès lors, un grand enthousiasme *pour le génie sensible,
délicat et sublime de Clotilde ;* mais qu'il n'approuvait
pas les libertés que prenait le marquis de Surville en
ajoutant de vieux mots aux vers de son aïeule, et en lui
prêtant parfois une élégance trop moderne ; enfin, qu'il
est dépositaire de plusieurs cahiers des œuvres de
Clotilde, *écrits de la main de Surville,* et préparés pour
l'impression.

L'édition de Vanderbourg s'étant faite à son grand
regret, le marquis de Brazais, dans le *Discours sur la
langue et la poésie françaises* que j'indiquais tout à
l'heure et dont le manuscrit autographe est entre les
mains de M. le vicomte de Roquefeuil, revient fréquemment sur cette question de Clotilde qui lui tient gran-
dement à cœur. Ainsi, la seconde partie de ce discours
débute en ces termes : « Si quelque amateur des lettres,
» voyageant en Grèce, trouvait sous les ruines de Tana-
» gre ou de Mitylène les poésies de Corinne ou de
» Sapho, ne s'estimerait-il pas fortuné ? Hé bien, le
» malheureux Surville, capitaine au régiment Colonel-
» Général-Infanterie, que sa tête royaliste et *sulfureuse*
» *(sic)* fit périr en France, en 1798, possédait les ou-
» vrages d'une rivale de ces Grecques fameuses. C'était
» son immortelle ayeule, Marguerite-Eléonore Clotilde
» de Vallon, fille de Ferdinand comte de Vallon et de

(¹) N° 5.

» la belle Pulchérie de Fay-Collan. Née dans le quin-
» zième siècle, l'an 1406, mariée à Bérenger de Sur-
» ville qu'elle adorait, et qui, à vingt-sept ans, fut armé
» chevalier par Charles VII lui-même, elle mourut
» près de Vesseau, dans la solitude de Chalys, en 1496,
» à presque quatre-vingt-dix ans. Son fils, Jean de
» Surville, épousa Héloyse de Vergy. — Une parente,
» Mlle Jeanne de Vallon, mariée à Jacques de Surville,
» s'occupa, dans le xviie siècle, à l'aide de son beau-
» père plein d'esprit et de goût, d'une édition com-
» plète des œuvres de Clotilde. *Elle se permit même des*
» *corrections et des épurements de mots dans quelques*
» *vers.* — Surville, héritier et propriétaire des manus-
» crits de son aïeule, *c'est-à-dire de ceux de Jeanne de*
» *Vallon,* sa grand'tante, méditait, en conservant toutes
» les grâces du style antique, *d'achever l'apurement des*
» *mots inintelligibles ou trop barbares*, et de mettre au
» jour les ouvrages de Clotilde avec l'ordre et le choix
» dont il était capable. IL ME LES COMMUNIQUA, ET J'AI
» ÉTÉ TÉMOIN ET COMPLICE, UN MOMENT, DE CE TRAVAIL
» QU'UN GOUT EXQUIS EUT DU GUIDER. Eh! qu'importe que
» Jeanne de Vallon et Surville aient osé toucher à quel-
» ques phrases, si le public, leur rendant grâce, eût
» gagné en plaisirs? »

Le marquis de Brazais raconte ensuite comment M. de
Surville publia dans le journal de Madame de Polier, à
Lausanne, quelques extraits de ces œuvres, et comment
il laissa à Madame de Polier et à lui Brazais un cahier
préparé pour l'impression ; puis il parle de l'édition
de Vanderbourg qu'il juge sévèrement et qu'il déclare
très-incomplète ; il énumère toutes les œuvres, déjà
publiées dans le *Journal de Lausanne,* celles qu'il a vues

et qui ont peut-être péri, celles qui se trouvent dans le cahier qu'il possède et que plus tard Nodier et de Roujoux ont insérées dans leur édition ; enfin, dans son enthousiasme, il s'écrie en terminant : « Et moi, je
» le répète, je les ai vus, ces chefs-d'œuvre de génie
» et de flamme ! J'ai vu même le portrait de l'immor-
» telle Clotilde et, surpris d'un frémissement involon-
» taire, j'eusse défié les jeunes gens de ne pas s'épren-
» dre d'amour au seul aspect des traits enchanteurs et
» délicats de cette femme sensible et voluptueuse. Gé-
» nie aussi gracieux que sublime, poète en tous les
» genres, éloquent historien, romancier attachant, il
» ne lui a manqué qu'un autre âge et la langue de
» Racine !.... »

Voilà assurément un homme bien convaincu, et si ces derniers traits d'un enthousiasme excessif peuvent faire sourire, les faits positifs qu'il affirme, l'existence de manuscrits qu'il a vus et touchés, la part qu'il a prise, ou, pour parler comme lui, sa complicité momentanée dans la révision des œuvres de Clotilde, tous ces faits doivent convaincre les plus incrédules que les poésies de Clotilde ne sont l'œuvre, ni du marquis de Surville, ni de Vanderbourg, qu'elles ont existé et ont été rema-niées par Jeanne de Vallon au XVIIe siècle, et par le mar-quis de Surville au XVIIIe. Je terminerai cet article par deux citations d'un caractère bien différent, extraites l'une et l'autre des papiers du marquis de Brazais et qui ont leur curiosité et leur valeur.

La première n'est pas absolument inédite, attendu que je l ai retrouvée dans l'un des articles du *Journal de Lausanne*. Il s'agit d'une lettre de Clotilde, très-piquante et très-curieuse, que ni Vanderbourg ni Nodier n'ont

reproduite dans leur édition. Voici cette lettre, très-vraisemblablement authentique, attendu qu'à la fin du xviiie siècle, surtout dans les garnisons où le marquis de Surville avait passé une partie de sa vie, si l'on connaissait plus ou moins vaguement Héloïse et Abélard dont les noms sont restés populaires, on s'occupait fort peu de Froissart. Or, on va le voir, il s'agit dans cette lettre d'une discussion qui s'était élevée, probablement dans les dernières années du xive siècle, sous les yeux d'Agnès de Navarre et de Gaston Phébus, comte de Foix, entre le vieux Froissart et son élève, Madame de Vallon, mère de Clotilde. Froissart n'osait contester à la belle Héloïse quelques chansons en langue vulgaire que Madame de Vallon lui citait, mais, avec l'entêtement d'un vieillard, il refusait de croire à l'authenticité des poésies d'Abélard son époux. « Tant et si bien ma mère devisoit, dit
» Clotilde, qu'au bon Froissart jà souffloit la parole, et
» toutefois démordre ne vouloit de son premier avis.
» Faute de raisons, maints termes grommeloit insigni-
» ficatifs, mais de tant drôle et gêné maintien qu'entre
» temps Monseigneur (Gaston Phébus) son beau chef
» branloit d'impatience, tandis que se pâmoit la com-
» tesse de rire. Sur ce, apparut céans un vieil chevalier
» breton, lequel encore volontiers s'exercitoit en armes
» comme il sacrifioit aux Muses. A peine se fut-il en-
» quis du litige qu'on le vit soutirant d'une pochette
» en cuir certain papier lissé ne plus ne moins que de
» la soye, et le baillant à lire au docte Flamand, lui dit
» froid à glacer : « Tenez, jugez sur pièces ! » Or, sur
» un coin du dit papier qu'il ne lâchoit, la sienne main
» demeuroit apposée. Lors, aux cieux transporté sem-
» bloit l'incrédule Froissart, dont les yeux par degrés

» se remplirent de plours; tantôt trépignoit comme de
» jalousie, tantôt se récrioit de surprise, d'aise et d'ad-
» miration. Certes ! fit-il enfin, rien ne vous sçaurois
» dire de tant délicates chansons, sinon que c'est
» l'Amour, le Diable ou moy qui les ont faittes. — Pas
» un des trois, reprit toujours froidement le vieil trou-
» vère; c'est Abélard ! et, retirant son papier, fit à tous
» regardans considérer cinq lignes d'écriture et le seing
» d'Héloyse qui témoignoit les dites stances être l'œu-
» vre première de son époux. »

Voilà une petite scène charmante, à laquelle rien ne
manque, qui n'est pas de l'invention du marquis de
Surville, incapable d'imaginer toute cette mise en scène,
tous ces personnages, tout ce dialogue, ni de celle du
marquis de Brazais, puisque cette jolie lettre, qu'il a
transcrite dans ses manuscrits, avait déjà été imprimée
dans le *Journal de Lausanne*. J'arrive à une autre lettre
qui m'inspire un peu plus de scrupules. M. de Brazais
cite, en effet, d'après les manuscrits de M. de Surville,
l'extrait suivant d'une lettre qui aurait été adressée par
Voltaire à Desmahis en 1751 : « Que parlez-vous du
» vieux Ronsard? Ce n'était qu'un barbare. Mais je ne
» sais trop que penser d'une dame de Vallon-Surville,
» plus ancienne encore, et dont feu M. le comte de
» Vallon, capitaine aux gardes françaises, m'a souvent
» récité des vers délicieux. S'il ne se trompait pas sur
» l'époque où sa Clotilde écrivait, ce serait sans con-
» tredit le plus étonnant génie qui ait jamais paru de-
» puis Orphée ! Mais il faut se défier des manuscrits;
» car, dans le siècle d'après, où l'on imprimait tout,
» comment n'a-t-on pas imprimé tant et de pareils
» chefs-d'œuvre? » Cette lettre aurait assurément une

très-grande valeur pour trancher la question; par
malheur je n'ai pu la trouver dans aucune des éditions de Voltaire publiées jusqu'à présent. L'édition de
M. Beuchot et celle de M. Didot ne renferment que
deux épîtres en vers de Voltaire à Desmahis, qui n'ont
rien de commun avec la question de Clotilde (¹), et deux
lettres en prose adressées, en 1756 et 1758, à ce jeune
écrivain (²), sur le compte duquel il varie étrangement,
qu'il appelle quelque part (³) *un petit fréluquet*, et
ailleurs (⁴) *un jeune homme aimable et qui promettait
beaucoup*. Mais nulle part, dans aucune de ces lettres,
je ne trouve rien d'analogue à la lettre que je viens de
transcrire d'après les manuscrits du marquis de Brazais,
qui l'avait copiée lui-même dans le *Journal de Lausanne*. Est-ce à dire que cette lettre ne serait pas authentique? Non, assurément. Aucune des éditions de la
correspondance de Voltaire n'est réellement complète;
chaque année, on publie de nouveaux recueils de lettres de l'auteur de la Henriade, et l'on en découvrira
encore bien d'autres. Il est donc très-possible que celle
que nous venons de transcrire soit réellement de lui, et
il n'est pas du tout invraisemblable que Voltaire ait eu
connaissance de quelques-unes des pièces de Clotilde.
Sans vouloir, en effet, trancher ici la question de savoir
si le conte des *Trois manières* et la charmante pièce

(¹) Edit. Beuchot, t. xiii, p. 201 et 215 ; édit. Didot, t. ii, p. 634
et 637.

(²) *Ibid.*, t. lvii, p. 108 et 565; édit. Didot, t. xi, p. 789 et
873.

(³) Edit. Didot, t. xii, p. 509.

(⁴) *Ibid.*, t. xii, p. 918, et t. xiii, p. 456.

des Vous et des Tu ont été inspirés par deux des poésies de Clotilde de Surville, question sur laquelle, par un simple rapprochement, j'insisterai un peu plus dans une des pièces justificatives de cette Etude (¹), je ferai remarquer d'abord ces trois vers par lesquels Voltaire termine son conte des *Trois manières :*

> Au coin du feu, mes chers amis,
> C'est pour vous seuls que *je transcris*
> *Ces contes tirés d'un vieux sage* (²).

sorte d'aveu d'un emprunt, qui, du reste, lui était habituel. Ainsi que Charles Nodier l'a démontré, dans ses *Questions de littérature légale*, pour Zadig et le Lion et le Marseillais, Voltaire agissait comme Molière, et prenait son bien partout où il le trouvait. Je ferai observer enfin que Voltaire n'était pas aussi dédaigneux qu'on l'avait été au XVIIᵉ siècle pour notre littérature du moyen âge, et je signalerai surtout cette lettre, en date du 13 février 1756 (³), dans laquelle il prie le libraire Briasson d'étudier à la bibliothèque royale les manuscrits des dixième et onzième siècles, le roman de *Philomena*, l'*Histoire des ducs de Normandie*, le poème de *Guillaume au Court-Nez*, etc. Il n'y a donc nulle invraisemblance à ce qu'il ait connu les poésies de Clotilde, dont nous venons d'entendre le marquis de Brazais raconter l'histoire, qui, évidemment, ne sont l'œuvre ni de celui-ci, ni du marquis de Surville, ni de Madame de Polier,

---

(¹) Nᵒ 30.
(²) Edit. Didot, t. ɪɪ, p. 703.
(³) *Ibid.*, t. xɪ, p. 769.

ni enfin de Vanderbourg, comme il va nous être facile
de le démontrer (¹).

(¹) Charles Nodier, dans ses *Questions de littérature légale*, a cru
voir aussi dans les *Verselets à mon premier-né* un emprunt fait à une
romance de Berquin, célèbre dès 1774, et dont chaque couplet est
séparé par le retour alternatif de celui-ci :

> Dors, mon enfant, clos ta paupière ;
> Tes cris me déchirent le cœur ;
> Dors, mon enfant, ta pauvre mère
> A bien assez de sa douleur.

Mais il n'y a là qu'une ressemblance de deux ou trois mots ; la situation est toute différente. Clotilde pense, près du berceau de son
enfant, à son époux fidèle et héroïque ; la mère que fait parler
Berquin est une fille séduite, abandonnée par son séducteur, et qui
montre plus de regrets que de tendresse. Aussi, voyez la différence
dans un passage où l'on pourrait saisir quelque analogie. Dans
Berquin, la pauvre mère s'écrie (en se rappelant l'Andromaque de
Virgile et de Racine) :

> Oui, le voilà, c'est son image
> Que tu retraces à mes yeux ;
> Ta bouche aura son doux langage,
> Ton front, son air vif et joyeux.
> Ne prends point son humeur volage,
> Mais garde ses traits gracieux.

(Œuvres complètes de Berquin, édit. en 4 vol. in-4°, 1835, t. iv,
p. 410). Clotilde dit (et qui ne sait ces beaux vers par cœur?), en
se figurant le plaisir du père à contempler son fils à son retour :

> Qu'aura playsir en toi de cerner son ymaige,
> Ses grands yeulx vairs, vifs, et pourtant si doulx.
> Ce front noble, et ce tour gracieulx d'un visaige
> Dont l'amour même eust fort esté jaloux !

Où y a-t-il imitation ?

VIII.

Vanderbourg. — Sa biographie. — Ses premières lettres à Mme de Surville. — Concurrence pour la publication. — Manuscrits retrouvés.

Nous abordons maintenant la partie importante et essentielle de notre travail. Il s'agit, en effet, de démontrer, en analysant la curieuse correspondance que nous avons entre les mains et que nous donnerons intégralement pour la première fois dans les pièces justificatives de cette Etude, que, quoi qu'en aient pu dire d'éminents critiques, Vanderbourg n'a pas écrit un seul vers des poésies de Clotilde, et qu'il n'a été que le patient, le dévoué et consciencieux éditeur de ces petits chefs-d'œuvre.

Quelques mots d'abord sur sa biographie qui, du reste, est parfaitement connue. Martin-Marie-Charles Boudens de Vanderbourg, issu d'une famille noble, était né à Saintes, le 8 juillet 1765. Son père était lieutenant-colonel et lui-même entra au service dans la marine royale, en 1781. Il était lieutenant de vaisseau et âgé de vingt-quatre ans, lorsqu'éclata la révolution. Il émigra en 1793, passa sept ans en Allemagne et aux îles danoises de l'Amérique et rentra en France, lorsque le gouvernement réparateur du Consulat rouvrit les portes de la patrie aux Français que la tourmente avait obligés de fuir. Seulement, tous ses biographes, y compris le plus accrédité, c'est-à-dire M. Daunou, se trompent en supposant que Vanderbourg ne put rentrer en France qu'en 1802. La première des vingt et une lettres de lui que j'ai entre les mains, et que l'on trouvera aux pièces justificatives, est datée de Paris le 2 décembre 1801, et il dit à Madame de Surville qu'il y réside depuis un an. Sa rentrée est donc de la fin de 1800. Dès lors, comme il en fait l'aveu à plusieurs reprises, il était réduit à vivre des productions de sa plume et de sa science ; il avait déjà traduit quelques ouvrages allemands, et, tout en négociant avec Madame de Surville et des libraires la publication des œuvres de Clotilde, il fit paraître, en 1802, son excellente traduction du *Laocoon* de Lessing que personne n'a refaite après lui, et, mis en évidence par l'édition de Clotilde dont nous allons suivre toutes les péripéties, il fonda un recueil intitulé *Archives littéraires* où il se montrait à la fois savant, homme de goût, critique supérieur et impartial. Appelé à l'Institut (Académie des Inscriptions), comme successeur de Mercier, en 1814, auteur d'une traduction en vers des odes d'Horace, et de très-nombreux articles dans le *Journal des savants*, il mourut en 1827 avec la réputation, non-seulement d'un homme de goût et d'esprit, mais d'un parfait galant homme que toute sa correspondance justifie.

Or, comme il le raconte lui-même dans sa première lettre, il avait, en 1794, pendant les premiers mois de son émigration, résidé à Dusseldorf, en même temps que le marquis de Surville qui avait, dès lors, donné connaissance à plusieurs personnes de quelques-unes des poésies de Clotilde. Vanderbourg eut communication de l'un des volumes de ces poésies ; et, par une petite infidélité dont il s'accuse, il prit copie de trois des pièces qui s'y trouvaient : *la Romance de Rosalyre*, *l'Héroïde à Bérenger*, le *Chant royal à Charles VIII*. Pendant ses voyages en Allemagne et en Danemark, il donna fréquemment lecture de ces pièces qui excitèrent partout une vive admiration, refusa d'en laisser prendre des copies ou de les livrer lui-même à l'impression, partit pour les îles danoises de l'Amérique, perdit quelque temps tout ceci de vue, mais, de retour en France, apprit la fin tragique de M. de Surville et communiqua à plusieurs hommes de lettres, notamment chez le baron de Sainte-Croix, l'illustre auteur de l'*Examen critique des historiens d'Alexandre*, les trois morceaux qu'il avait copiés, et qui excitèrent partout le même enthousiasme. Apprenant alors, par un de ses anciens camarades de marine, M. de Cambis, qu'il avait rencontré chez M. de Sainte-Croix, l'adresse de Mme de Surville, il lui écrivit, le 2 décembre 1801, sans avoir l'honneur d'être connu d'elle, une première lettre dans laquelle il la conjure de livrer à l'impression les manuscrits que M. de Surville avait rassemblés, dont il se propose à l'occasion d'être l'éditeur, et cela sans aucune vue personnelle, mais pour l'honneur de la littérature française et dans l'intérêt même de la famille de Surville. « Le libraire qui s'en chargeroit, » dit-il, vous les païeroit, non pas ce qu'ils valent, mais » un prix proportionné à l'immense débit dont il seroit » sûr. Sans connoître l'état de votre fortune, je dois » présumer qu'après tous les malheurs dont la France » a eté accablée, il est peu de familles pour qui un tel » avantage fût à dédaigner. »

Ainsi commencèrent, par l'initiative de Vanderbourg, par une démarche spontanée, loyale, parfaitement dés-intéressée, les relations du savant écrivain et de la fa-mille de Surville, qui devaient aboutir à la publication des œuvres de Clotilde (¹). Madame de Surville a, par malheur, négligé de garder la minute des lettres qu'elle écrivit à Vanderbourg, et toutes mes démarches pour retrouver celles-ci ont été infructueuses. Toutefois, nous voyons par la seconde lettre de Vanderbourg, en date du 2 mars 1802 (²), que Madame de Surville lui avait répondu obligeamment dès le 22 décembre, mais pour l'informer qu'elle n'avait aucun des manuscrits de son mari, de telle façon que les poésies de Clotilde ris-quaient bien de se borner aux pièces déjà publiées à Lausanne et à celles dont Vanderbourg avait pu pren-dre une copie. Alors celui-ci se met en mouvement et en recherches, rencontre diverses personnes qui ont connu M. de Surville pendant l'émigration, et apprend d'elles que M. de Surville a dû confier ses manuscrits, soit à un ancien soldat de son régiment devenu, dans l'exil, son domestique et son ami, mais dont on ignore le nom et la demeure, soit à un homme qu'il avait chargé de sa procuration, nommé Pradel, maître de poste à Donzère, près de Montélimar (Drôme). Il en-gage donc Mᵐᵉ de Surville à écrire à ce dernier. D'un autre côté, la publication faite dans le *Journal littéraire* de Lausanne, que par malheur il n'a pu trouver com-plétement à Paris, lui donne l'idée d'aller voir Madame

---

(¹) Pièces justificatives nᵒ 1.
(²) *Ibid.* nᵒ 2.

de Polier, qui habitait alors cette ville et qui, à soixante ans, s'occupait de travaux littéraires pour lesquels elle avait plusieurs collaborateurs. Mais les deux visites qu'il fait à cette dame le découragent un peu. Celle-ci lui montre, en effet, un cahier, de la main de M. de Surville, contenant plusieurs pièces de Clotilde, et elle affirme que, peu d'instants avant sa mort, M. de Surville lui a écrit une lettre pour la charger expressément de mettre au net et de publier ces manuscrits, de sorte qu'elle voit en Vanderbourg un concurrent et un rival. Avec sa loyauté habituelle, Vanderbourg se résigne et se borne à se mettre au service de Madame de Surville pour l'aider à recouvrer les manuscrits de son mari, et, dans l'occasion, pour servir d'intermédiaire entre elle et l'éditeur dont M. de Surville paraît lui-même avoir fait choix.

De son côté, Madame de Polier n'était pas restée inactive; elle avait adressé à Madame de Surville, le 18 pluviôse (9 février), et le 19 ventôse (9 mars) 1802, deux lettres, écrites d'une main assez ferme mais avec une orthographe qui laisse beaucoup à désirer. Dans la première (¹), Madame de Polier insère la copie du billet que M. de Surville lui avait adressé quelques heures avant son exécution, et qui mérite mieux, dès lors, l'expression de *novissima verba* que Vanderbourg applique à la lettre écrite à Madame de Surville, billet curieux, important et, on peut le dire, une des pièces du procès débattu depuis soixante ans, puisque dans ces dernières lignes, comme dans la belle lettre adressée

---

(¹) Pièces justificatives n° 3.

la veille à sa femme, M. de Surville, sur le point de
paraître au grand tribunal, pour me servir de ses expressions, à un moment où personne n'est plus tenté
de plaisanter ni surtout de mentir, parle des extraits
de Clotilde comme d'une œuvre sérieuse et non comme
d'un jeu d'esprit de *sa muse qu'il aurait essayé de vieillir*, quoi que puisse en dire M. Villemain. Cependant
Madame de Polier allait bien loin, en concluant de ce
petit billet que M. de Surville l'avait chargée de ras-
sembler, de revoir et de publier les manuscrits de Clotilde. Aussi, dans sa seconde lettre, en voyant que
Vanderbourg a pris les devants, essaie-t-elle de gagner
la confiance de l'*aimable veuve*, de l'*aimable épouse* de
M. de Surville, d'une femme *d'une belle âme et d'un cœur
sensible*, pour éviter que l'on confie le soin de cette
publication à des gens qui n'ont point connu M. de
Surville *et qui ne pourroient avoir que des vues étrangères*, insinuation qui s'était déjà glissée dans la lettre
précédente et qui ne lui coûte pas plus que les com-
pliments et les cajoleries (¹). Elle craint cependant de
n'être pas assez forte, et elle appelle à son secours M. de
Brazais, un de ses collaborateurs littéraires dont elle
estropie toutefois le nom, et qui, dans un petit billet,
d'une écriture singulièrement fine et serrée, en date
du 3 mars 1802, invoque son titre d'ami de M. de
Surville, qui lui avait communiqué son plan et ses manuscrits en le chargeant de revoir et de corriger certains morceaux et surtout les vers. Non moins prodigue
que Madame de Polier d'insinuations malignes à l'égard

(¹) Pièces justificatives, nº 4.

de Vanderbourg, et de flatteries envers Madame de
Surville, M. de Brazais craint que Vanderbourg, qui
n'a pas connu M. de Surville, ne voie dans cette publication que l'intérêt d'une spéculation lucrative, tandis
que Madame de Polier et lui, amis de M. de Surville,
chargés de ses volontés dernières, ressentent de plus *la
gloire et l'intérêt de son nom et de sa mémoire, et les devoirs
de l'amitié.* « J'étois, ajoute M. de Brazais, chez Ma-
» dame la chanoinesse de Polier, lorsque M. de Van-
» derbourg y fit la lecture de votre lettre, Madame. Je
» n'ai jamais rien entendu de mieux écrit, de plus no-
» ble, de plus touchant. » Et un peu plus bas : « Sur-
» ville m'avoit beaucoup parlé de vous, Madame, avec
» les sentiments d'amour et de tendresse qu'il vous de-
» voit. Mais que j'étois loin de l'idée que votre char-
» mante lettre me fait concevoir de votre esprit, de
» votre cœur, de votre physionomie même ! Car, je la
» devine et vous avez sûrement quelques traits de Clo-
» tilde ! » On ne peut pas être plus galant (¹).

Voilà donc trois personnes, Vanderbourg, Madame
de Polier, le marquis de Brazais, qui se disputent, au
commencement de 1802, l'honneur de publier les œuvres de Clotilde. Que penser, après cela, de la légèreté
avec laquelle un homme tel que Daunou, et tant d'autres
écrivains à sa suite, ont pu dire que Vanderbourg était
l'auteur des meilleurs morceaux du recueil dont il eut
tant de peine à obtenir d'être le modeste éditeur ? La
situation était embarrassante pour Madame de Surville,
d'autant plus qu'à cette époque encore, au mois de mars

(¹) Pièces justificatives, n° 5.

1802, au moment où elle recevait en plein visage les coups d'encensoir que lui envoyaient Madame de Polier et le marquis de Brazais, elle ne savait pas ce qu'étaient devenus les manuscrits de son mari, et que la plus considérable partie des poésies de Clotilde paraissait être entre les mains de Madame de Polier, sauf cette malle mystérieuse qu'on disait avoir été déposée chez M. Pradel, maître de poste à Donzère, mais dont, ni à cette époque, ni depuis, personne n'a eu la moindre connaissance (¹). Dans cette situation délicate, la conduite de Vanderbourg fut aussi loyale que ses conseils furent sages. Madame de Surville paraissait disposée à lui donner la préférence, surtout parce qu'elle croyait comprendre qu'il avait été lié avec son mari, lors de leur séjour à Dusseldorf. Au risque de perdre toute sa confiance, Vanderbourg la détrompe, dans sa lettre du 23 avril 1802 (²), avec une complète franchise : il n'a pas eu l'honneur de connaître personnellement M. de Surville ; c'est par une tierce personne qu'il a eu connaissance de quelques-uns de ses manuscrits. Il est parfaitement convaincu des relations de M. de Surville et de Madame

---

(¹) L'existence de Pradel comme maître de poste à Donzère est incontestable, et sa famille y existe encore. Sur ma demande, deux membres de cette famille, alors étudiants en droit à Grenoble, ont fait des recherches, malheureusement infructueuses, pour retrouver les manuscrits que l'on supposait avoir été mis en dépôt chez leur grand-oncle par le marquis de Surville. En admettant la réalité de ce dépôt, il est probable que ces papiers auront été brûlés, comme tant d'autres, par des personnes incapables d'en apprécier la valeur.

(²) Pièces justificatives, n° 6.

de Polier. Il ne l'est pas autant de la mission que M. de
Surville aurait confiée à celle-ci ; *mais il seroit bien fâcheux de soupçonnèr de fausseté une ancienne chanoinesse,
d'un âge aussi respectable*. Il s'en réfère donc complètement à Madame de Surville.

Or, celle-ci, au jugement d'un de ses parents encore
vivant aujourd'hui, M. de Bernardi, dont j'ai déjà parlé
et qui l'a beaucoup connue (elle n'est morte qu'en 1843,
à quatre-vingt-un ans), était une femme un peu altière,
mais pleine de sens et de raison. En comparant les termes si vagues du billet de son mari à Madame de Polier,
avec le passage de la dernière lettre que celui-ci lui
avait adressée à elle-même et où il lui disait, en parlant des manuscrits de Clotilde : *Je te prie d'en communiquer quelque chose à des gens de lettres capables de les
apprécier, et d'en faire, d'après cela, l'usage que te dictera
ta sagesse*, elle en conclut que M. de Surville n'avait entendu donner à Madame de Polier que le droit de publier des extraits dans le *Journal de Lausanne*, qui avait
depuis cessé de paraître, mais qu'il lui avait réservé à
elle-même le droit de publier les manuscrits qui lui
seraient remis par les personnes entre les mains desquelles il les avait déposés. Appréciant à leur juste valeur, avec sa haute raison, la loyauté et la franchise de
Vanderbourg et les louanges intéressées et exagérées de
Mme de Polier et de M. de Brazais, elle avait, on ne peut
en douter, fait son choix, avant même que les manuscrits fussent retrouvés. Or, dans l'intervalle, elle n'était
pas restée inactive, et, au mois de mars ou d'avril 1802,
ces manuscrits, que de vagues rumeurs, comme nous
l'avons vu, faisaient supposer être entre les mains, soit
d'un ancien soldat de M. de Surville, soit d'un maître

de poste du département de la Drôme, furent retrouvés au Puy, chez les maîtres de la maison où M. de Surville avait trouvé un asile lors de son retour clandestin en France, maison qu'il avait quittée, malgré les supplications de ses hôtes, par une imprudence ou un excès de loyauté qui lui avait coûté la vie. La maîtresse de cette maison, Madame de Chabanolle, s'était hâtée d'en informer Madame de Surville, par une lettre non datée mais qui porte sa date avec elle, lettre très-étrange par l'orthographe, l'écriture, le style, mais pièce essentielle du procès que nous instruisons (¹), et lui avait envoyé les papiers confiés par M. de Surville, moins ceux qu'il avait ordonné de brûler en cas d'arrestation, comme pouvant compromettre plusieurs personnes. Or, parmi ceux qu'elle renvoyait se trouvaient des manuscrits que M. de Surville *avait recommandés au delà de toute expression*, et qui ont été conservés, en effet, avec le plus grand soin, *malgré tous les orages*. C'étaient, nous allons le voir, trois volumineux cahiers de la main de M. de Surville, et renfermant les œuvres de Clotilde préparées pour l'impression. Si Daunou, si M. Villemain, si les autres critiques que nous avons cités, avaient connu cette histoire si simple, si peu romanesque, si incontestable, ils se seraient évité bien des hypothèses qui tombent, on le voit, d'elles-mêmes.

Dans l'intervalle, Madame de Surville avait fait part à Vanderbourg de la découverte des manuscrits et l'avait expressément chargé d'en être l'éditeur, confiance à laquelle Vanderbourg se montre très-sensible dans une

---

(¹) Pièces justificatives n° 7.

lettre du 20 mai 1802, où il exprime à Madame de Surville l'idée de traiter avec Madame de Polier pour les
manuscrits que celle-ci a entre les mains, attendu que sa
situation est loin d'être brillante et qu'elle vient d'être
réduite, pour vivre, à prendre des pensionnaires ; mais
déjà, dans cette même lettre (¹), il prévoit les objections
qui vont s'élever contre l'authenticité de ces œuvres si
parfaites, trop parfaites, et songe à préparer le public
et les journalistes, enfin, à exciter la concurrence des
libraires. Deux mois s'écoulent, et dans sa cinquième
lettre, en date du 22 juillet (²), Vanderbourg accuse
réception à Madame de Surville des trois volumes des
poésies de Clotilde, manuscrits, par malheur, de la
main de M. de Surville, sans qu'il y ait une page, un
mot même de celle de Clotilde, ce qui trancherait la
question, ni même de celle de cette Jeanne de Vallon
qui, suivant le marquis de Surville, aurait retouché,
au XVIIᵉ siècle, les œuvres de leur illustre aïeule (³).
Aussi, avec cette loyauté que nous lui connaissons déjà,
expose-t-il ses doutes sur l'authenticité de ces œuvres,
pour la publication desquelles il a déjà, du reste, à
choisir entre deux libraires, sans que Madame de Surville
ait à faire aucun déboursé. Un mois plus tard, dans
une très-longue lettre en date du 21 août (⁴), une des

(¹) Pièces justificatives n° 8.
(²) *Ibid.*, n° 9.
(³) En admettant la réalité du dépôt chez le maître de poste de
Donzère, on serait bien tenté de croire qu'il se composait précisément des manuscrits originaux dont Madame de Chabanolle n'avait
que les copies préparées par le marquis de Surville.
(⁴) Pièces justificatives n° 10.

plus curieuses et des plus piquantes de cette correspon
dance, Vanderbourg fait part à Madame de Surville de
l'impression qu'a produite sur son esprit l'examen des
trois volumineux manuscrits qui lui ont été envoyés, et
pour deux d'entre eux son jugement est loin d'être favorable. Le premier renferme un long roman, prose et
vers, intitulé le *Chastel d'Amour*, inachevé, sans intérêt,
d'une authenticité très-suspecte, et dont il n'y aura à
extraire qu'un seul morceau qui paraît plus réellement
ancien, les *Stances de Rosalyre à Coridon*. Le second
cahier, que M. de Surville avait préparé en 1796 et
qu'il destinait à être imprimé le premier, est jugé bien
plus sévèrement encore. Ce qu'il renferme de plus piquant, c'est l'histoire abrégée de la poésie française depuis Héloïse ; encore même est-il bien difficile d'accorder
quelque foi à l'existence de toutes ces femmes-poètes,
et Vanderbourg propose de n'utiliser que cette partie
du volume et même avec beaucoup de discrétion. Quant
au volume préparé en 1794, celui que Vanderbourg
avait vu à Dusseldorf, c'est tout autre chose. Sans doute,
la beauté de la versification, l'exacte observation des
règles modernes, certaines expressions même, font hésiter : *Mais*, ajoute-t-il, *la vérité des sentiments, l'enthousiasme poétique pour des évènements si éloignés de
nous, quelques traits qui ne peuvent partir que du cœur
d'une femme, les rondeaux contre un poète mort il y a trois
cents ans* (Alain Chartier), *combattent puissamment pour
l'authenticité des pièces renfermées dans ce volume.* C'est
donc le seul que Vanderbourg propose de publier, en y
ajoutant une préface et des notes interprétatives en face
de chacun des morceaux, comme se le proposait, du
reste, M. de Surville. Il annonce, en outre, qu'il a fait

choix d'un éditeur, M. Heinrichs, *libraire plein de délicatesse* avec lequel il a eu déjà affaire. Mais un grand obstacle se présente. Madame de Polier a un volume entre les mains, et ce volume peut contenir des pièces intéressantes. Or, Madame de Polier, *dont l'air de bureau sent un peu l'amour du lucre, qui a été plus habile que ses libraires dans l'art de l'intrigue, et ce n'est pas dire peu*, s'autorisera peut-être de la lettre de M. de Surville pour publier ce manuscrit et tuer ainsi, à l'avance, l'édition de Madame de Surville. Il faudra un procès dont le gain est loin d'être certain. En effet, ajoute Vanderbourg, la loi ne garantit la propriété aux auteurs que pendant leur vie, et dix ans après leur mort à leurs héritiers, sans rien réserver pour les œuvres inédites. Or, Clotilde est morte en 1495. Il faut donc que Madame de Surville adresse au ministre de l'intérieur une pétition dont Vanderbourg lui envoie le modèle (¹), pour obtenir qu'une décision expresse lui assure la propriété exclusive des manuscrits laissés par son mari. Si on l'obtient, on n'aura plus rien à craindre des contrefacteurs, et Madame de Polier se dessaisira sans doute, soit à l'amiable, soit à la suite d'un léger sacrifice, de manuscrits qui, dès lors, lui seront inutiles.

Tel est le point où les choses en étaient arrivées, à la fin d'août 1802, après neuf mois de recherches et de correspondances dont Vanderbourg avait pris l'initiative, et dans lesquelles il avait montré une entière franchise, une parfaite bonne foi, un complet désintéres-

---

(¹) Pièces justificatives n° 10 *bis*.

sement. Ici s'ouvre une phase nouvelle, intéressante, curieuse et instructive, où l'ancien officier de marine, maintenant simple homme de lettres, le futur académicien, portera les mêmes qualités et le même dévouement infatigable pour donner à la France ces petits chefs-d'œuvre dont il ne pouvait guère se douter qu'on le soupçonnerait bientôt, et longtemps encore, d'être lui-même l'auteur.

IX.

Impression des poésies de Clotilde. — Incidents : Chaptal, M. de Gérando ; Napoléon et Joséphine. — Publication.

Divers incidents retardèrent l'impression et la publication préparées par Vanderbourg. Le traité avec le libraire Heinrichs et la dernière lettre de Vanderbourg que nous venons d'analyser sont du mois d'août 1802, et l'édition ne parut qu'au mois de mai 1803. La correspondance inédite jusqu'ici que nous avons sous les yeux va nous faire connaître ces incidents dans tous leurs détails.

D'abord, Madame de Surville paraît avoir éprouvé des scrupules, elle, veuve d'un émigré mort victime de sa foi politique, à adresser une supplique à un ministre républicain, à l'appeler *citoyen ministre*, à employer la formule *salut et respect* et la date républicaine. Ces hé-

sitations et ces scrupules, auxquels nous voyons Vanderbourg faire allusion dans la lettre suivante (¹), causent
beaucoup de retard. Enfin, Madame de Surville se dé-
cide, et la pétition est envoyée, mais avec des précautions pour que le nom de la noble pétitionnaire ne soit
pas compromis. Tout cela demande du temps, et ce
n'est que le 7 octobre que Vanderbourg peut faire connaître le résultat de ses démarches. La pétition a été
remise au ministre de l'intérieur, Chaptal, par un homme
de lettres employé dans ses bureaux, et qui est devenu
plus tard justement célèbre, M. de Gérando, auquel
Vanderbourg a remis également la copie de deux des
pièces les plus intéressantes de Clotilde, les *Stances de
Rosalyre* et les *Verselets à mon premier-né*. Le ministre
a demandé un rapport, et le rapporteur, dont Vanderbourg ignore le nom, conclut que ces poésies sont trop
parfaites pour avoir été composées au xvᵉ siècle ; qu'elles
sont l'œuvre de M. de Surville ; que, dans cet état de
choses, le ministre ne peut faire d'exception à la loi
commune ; qu'il faut les publier sous le nom de M. de
Surville ; que, dès lors, l'auteur n'étant mort que depuis
quatre ans, il n'y a plus de contrefaçon à craindre ; que
le débit de l'ouvrage n'y perdra pas beaucoup, attendu
que *le talent de M. de Surville, comme auteur de ces poésies, est peut-être aussi merveilleux que l'eût été celui de
Clotilde, si elle les eût composées dans le siècle barbare
où elle vivait*. Ces conclusions furent adoptées par le ministre, et la demande de Madame de Surville écartée.
Qui aurait soupçonné que la publication des poésies de

(¹) Pièces justificatives nº 11.

Clotilde ait pu être pour ainsi dire une affaire d'Etat? C'est déjà très-curieux; mais, à ce point de vue, nous verrons tout à l'heure quelque chose de plus curieux encore.

Dans cette situation, Vanderbourg propose de passer outre et de publier l'ouvrage sous le nom de Clotilde, attendu que ce serait, en effet, *une merveille*, comme dit très-justement le rapporteur, que M. de Surville pût en être l'auteur. Le choix qui sera fait dans les manuscrits, la préface et les notes de l'éditeur, tout cela suffira pour assurer la propriété et pour garantir contre une contre-façon. Quant au traité avec le libraire, M. Heinrichs, qui, par sa probité, a gagné l'estime et l'amitié de Vanderbourg, voici ce que celui-ci propose : Madame de Surville fournira le manuscrit, Heinrichs fera les frais de l'impression, commencera par couvrir ses frais, puis partagera les bénéfices avec Mme de Surville, qui restera maîtresse de traiter à son gré pour une seconde édition. Quant à lui, Vanderbourg, avec une délicatesse et un désintéressement qui ressortent, pour ainsi dire, de chacune des lignes de cette correspondance, il ne réclame et ne demande rien, et n'aborde même pas cette question, qui sera soulevée plus tard, nous le verrons, par la famille de Surville elle-même ; l'honneur d'enrichir la littérature française d'un chef-d'œuvre de plus est évidemment le seul mobile de ses actions et de ses démarches.

Bientôt le traité est signé avec le libraire, et celui-ci veut hâter l'impression, afin, d'une part, que l'ouvrage paraisse avant la fin de l'hiver, ou, du moins, avant la saison où les gens riches quittent Paris pour la campagne, et, d'un autre côté, pour enlever à Madame de

7

Polier la possibilité de prendre les devants par la publication des manuscrits qu'elle a entre les mains. Vanderbourg, en attendant, recueille des renseignements et des témoignages ; il en a reçu de très-précieux (j'en ai parlé plus haut), de la part d'un ancien officier du régiment de M. de Surville, M. de Fournas, qui a vu le manuscrit des poésies de Clotilde entre les mains de son compagnon d'armes ([1]) ; il en a reçu de la part du frère même de M. de Surville, de cet homme excellent dont j'ai également parlé ([2]), qui, à peine rentré en France après l'émigration et informé par sa belle-sœur de tout ce qui s'est passé, s'empresse d'écrire à Vanderbourg pour lui affirmer que, dans son enfance, il a vu son frère découvrir de vieux papiers (sans doute les manuscrits de Clotilde), et les transcrire avec l'aide d'un feudiste dont il a oublié le nom ([3]). Enfin, tout en recueillant ces renseignements et en préparant ses notes et sa préface, Vanderbourg s'occupe de trouver un imprimeur et songe d'abord à l'imprimerie nationale pour trois motifs : les frais seront moins considérables, les contrefacteurs moins hardis, et les journaux démocrates plus circonspects et moins prompts à dénoncer les allusions du *Chant royal* et de l'*Héroïde* ([4]), deux des pièces les plus remarquables assurément, mais dans lesquelles aussi, comme je l'ai déjà rappelé, tout le monde, à cette époque et de nos jours, a cru reconnaître la plume, l'inspiration, les sentiments monarchiques de

---

([1]) Voir page 49.
([2]) Voir page 48.
([3]) Pièces justificatives n° 12.
([4]) *Ibid.* n° 13.

M. de Surville, et même des allusions aux agitations ré-
volutionnaires et au jugement de Louis XVI.

La précaution était sage et bonne, comme le prouva,
bientôt après, l'incident le plus curieux et le plus piquant de tous ceux que nous avons entrepris de raconter. En effet, par suite de motifs qui ne nous sont pas
connus, Vanderbourg avait dû renoncer à l'imprimerie
nationale et recourir aux presses célèbres de Didot. Tout
à coup, au mois de février 1803, Didot s'effraie et
éprouve des scrupules au sujet de certains passages
royalistes de la célèbre *Héroïde*, et surtout de la fameuse tirade que j'ai citée plus haut ([1]), et qui est connue de tout le monde :

> Bellone, au front d'airain, ravage nos provinces, etc.

Il craint qu'on n'en fasse l'application aux évènements
politiques des dernières années du xviiie siècle et qu'on
ne le poursuive. Malgré les observations du libraire
Heinrichs que, en qualité de simple imprimeur, il n'a
rien à craindre, Didot persiste dans son refus, à moins
d'avoir une autorisation spéciale du ministre de l'intérieur. Heinrichs, qui a beaucoup d'amis à ce ministère,
les fait agir. Mais Chaptal, après avoir fait examiner
l'ouvrage, n'ose rien prendre sur lui, et renvoie la question au Premier Consul lui-même. Voilà ce que Vanderbourg annonce à Madame de Surville dans sa dixième
lettre, datée du 4 mars 1803 ([2]), en ajoutant que l'on

([1]) Voir page 27.
([2]) Pièces justificatives n° 14.

va, en attendant, continuer l'impression, sauf, si la décision de Bonaparte n'est pas favorable, à supprimer quelques vers de la dangereuse Héroïde et à cartonner la feuille où elle est imprimée.

Qui se serait jamais douté que Napoléon ait eu à s'occuper, comme d'une affaire d'Etat, des poésies·de Clotilde de Surville? Or, il avait en ce moment bien d'autres affaires en tête. Ceci se passait dans les premiers mois de 1803, c'est-à-dire au moment où la paix d'Amiens menaçait de se rompre; où le Premier Consul avait avec l'ambassadeur d'Angleterre, lord Withworth, cette conversation que M. Thiers rapporte dans le XVIᵉ livre de l'*Histoire du Consulat et de l'Empire*; où il exposait au Corps législatif, dans un compte-rendu si fier, la situation de la République; où le roi Georges III adressait, de son côté, au parlement anglais ce message maladroit que l'illustre historien rapporte également, préludes de cette guerre terrible et de ce duel à outrance entre les deux grandes nations de l'Europe occidentale, qui allaient ensanglanter le monde pendant douze ans. Le Premier Consul ne pouvait guère songer, dans un semblable moment, à étudier les poésies authentiques ou apocryphes d'une femme du XVᵉ siècle, ni à examiner jusqu'à quel point des vers extraits de ses œuvres pouvaient paraître suspects de royalisme. Aussi, comme nous le voyons dans la onzième lettre de Vanderbourg, en date du 1ᵉʳ mai 1803 (¹), le Premier Consul étant inabordable, recourut-on à l'intervention de son excellente femme, la future impératrice Joséphine. Qui

---

(¹) Pièces justificatives nᵒ 15.

se serait attendu, je le répète, à voir tous ces grands noms mêlés à une question de cette nature? Désormais nous ne trouvons plus aussi téméraire la fiction de M. Saintine faisant intervenir Napoléon et Joséphine pour que la pauvre petite plante d'un prisonnier, *Picciola*, puisse avoir de la lumière et de l'eau dans la cour du château de Fenestrelles.

Ici, toutefois, j'éprouve un très-vif regret que je ne puis pas m'empêcher d'exprimer. La correspondance que j'analyse en quelques mots ici, et que je donne textuellement à la fin de ce volume, cette correspondance, dis-je, quelque curieuse qu'elle soit, est trop peu explicite sur l'incident qui nous occupe en ce moment. Nous voyons bien dans les deux lettres de Vanderbourg du 1ᵉʳ et du 19 mai 1803 (¹), que c'est à l'intervention active et persévérante de Madame Bonaparte, faisant de fréquents voyages à la Malmaison et à Saint-Cloud, que Vanderbourg et Madame de Surville durent de pouvoir publier les œuvres de Clotilde sans suppression, sans carton, en toute liberté. Mais nous aurions souhaité quelques détails de plus sur les moyens employés par elle, sur les retards ou les obstacles qu'elle put rencontrer, et (pourquoi pas?) sur les sentiments mêmes qu'éprouva le Premier Consul, le futur Empereur, le futur maître du monde, à la lecture de ces petits chefs-d'œuvre. Nous voudrions connaître l'impression que purent faire sur le cœur de la mère du prince Eugène et de la reine Hortense, d'une mère tendre et douce, les *Verselets à mon premier-né*, et sur l'esprit de la veuve

---

(¹) Pièces justificatives nᵒˢ 15 et 16.

du général de Beauharnais, mort sur l'échafaud révolutionnaire, *d'une véritable femme de l'ancien régime,
dévote, superstitieuse et même royaliste*, comme dit
M. Thiers [1], l'*Héroïde à Bérenger* et le *Chant royal à
Charles VIII*. Ces sentiments et ces impressions, nous
ne les connaissons que par leur résultat; mais nous
nous les figurons sans peine, lorsque nous lisons dans
l'éminent historien du Consulat et de l'Empire le portrait, tracé de main de maître, qu'il a fait de la future
impératrice, cette femme bonne et charmante, douce
et frivole, détestant les Jacobins, *ne recherchant que les
gens d'autrefois, et mettant tant d'empressement à leur
faire part de sa puissance et à leur rendre des services.*
C'est à ce titre surtout, sans aucun doute, que Vanderbourg et Madame de Surville trouvèrent en elle une pro-
tectrice active, persévérante, infatigable, et ce fut grâce
à cette bienveillante et si utile intervention que les œuvres de Clotilde purent être mises en vente avant la fin
de mai, imprimées avec luxe, ornées de vignettes, suivies de trois gracieux morceaux de musique, composés
pour quelques-unes des romances du recueil par Ber-
ton, l'auteur de plusieurs opéras alors en vogue : *Mon-
tano et Stéphanie, Aline reine de Golconde*, etc., accompagnées de notes explicatives, et précédées d'une préface de Vanderbourg qui est un chef-d'œuvre.

---

[1] *Histoire du Consulat et de l'Empire*, l. vi. — Edit. gr. in-8°,
t. 1, p. 357.

X.

**Effet produit par l'apparition des poésies de Clotilde.
— Jugements des journalistes et des hommes de
lettres. — Désintéressement de Vanderbourg. — Suite
de sa correspondance ; ses sages appréciations.**

C'était grâce à l'intervention de Madame Bonaparte,
de la future impératrice Joséphine, que les œuvres de
Clotilde de Surville avaient pu être publiées, au mois de
mai 1803, sans suppressions et sans retranchements.
Aussi Vanderbourg et le libraire Heinrichs crurent-ils
devoir retarder la mise en vente, afin d'avoir le temps
de faire relier un bel exemplaire qu'ils offrirent à Madame Bonaparte en reconnaissance de ses bons offices,
exemplaire qui lui fut remis par le général Mathieu
Dumas, et pour lequel elle fit offrir ses remercîments
par une lettre de ce général, lettre que Vanderbourg
conserva, dit-il, par précaution et que nous n'avons
pas retrouvée. Un autre exemplaire de luxe, que j'ai eu
entre les mains et qui est aujourd'hui la propriété de
M. de Watré, fut envoyé à Madame de Surville. Beaucoup d'autres furent distribués, suivant l'usage, aux
journalistes, et surtout aux journalistes républicains,
auxquels, dit Vanderbourg, *on vouloit fermer la bouche
pour qu'ils ne donnassent pas l'alarme au sujet des trop
célèbres allusions* ([1]). Ceci se passait, ne l'oublions pas,

([1]) Pièces justificatives n° 16.

au mois de mai 1803, à une époque où les républicains
de la Convention et du conseil des Cinq-Cents assié-
geaient déjà les antichambres du héros de Rivoli, d'Arcole, des Pyramides et de Marengo, tout disposés à accepter de sa main des décorations et des titres nobiliai-
res, jouant l'enthousiasme pour les formes républicai-
nes que, au fond du cœur, ils savaient perdues, mais
redoutant du moins, très-sincèrement, tout ce qui pouvait ramener ou même rappeler l'ancien régime.

Bientôt on fut rassuré. Le Grand-Juge (Régnier, plus
tard duc de Massa), fit acheter treize exemplaires,
dont quatre sur papier vélin, pour les distribuer à ses
amis ([1]), et les passions politiques se turent devant l'enthousiasme qu'excitèrent les petits chefs-d'œuvre que
Vanderbourg venait de révéler à la France. Toutefois,
la lutte fut vive à un autre point de vue, et, dès leur
apparition, les poésies de Clotilde de Surville donnèrent
lieu à d'ardentes controverses, non pas au sujet de leur
mérite littéraire (tout le monde était d'accord sur ce
point), mais en ce qui concerne leur authenticité.
Dans une très-longue lettre adressée par Vanderbourg,
non plus cette fois à Madame de Surville, mais à son
beau-frère, lettre très-curieuse à divers points de vue ([2]),
dans laquelle Vanderbourg répond avec quelque vivacité, mais avec le ton d'un homme bien élevé, aux reproches que M. de Surville jeune lui avait faits de trop
déprécier les talents poétiques de son frère, dans laquelle, en outre, *quoique la littérature fût alors l'une*

([1]) Pièces justificatives n° 18 (lettre du 10 juin 1803).
([2]) *Ibid.* n° 17.

de ses principales ressources, il montre un désintéressement admirable, dans cette lettre, dis-je, nous trouvons un fragment d'une lettre très-curieuse du célèbre
helléniste Schweighœuser, dans laquelle le savant éditeur de Suidas, de Polybe, d'Athénée, tout en faisant
quelques timides objections, se prononce pour l'authenticité des poésies de Clotilde, pour le fond, du moins,
si ce n'est pour la forme elle-même (¹). En général,
comme nous le voyons par les lettres suivantes de
Vanderbourg, les littérateurs se montrent convaincus
par l'argumentation si nette, si franche, si loyale, de
sa préface, et disposés à admettre l'authenticité des
poésies de Clotilde. Suard, il est vrai, secrétaire perpétuel de l'Académie française, ou, comme on disait
alors, de la seconde classe de l'Institut, et l'abbé Morellet, membre de la même Académie, persistent seuls
dans leur incrédulité, et leur opinion a beaucoup de

(¹) C'est très-probablement à Schweighœuser qu'étaient adressées
deux lettres très-curieuses de Vanderbourg, publiées, il y a sept
ans, dans un excellent recueil littéraire qui paraît à Strasbourg (*Le
Bibliographe alsacien*, n° 3, septembre 1862, p. 59 et suiv.) Dans la
première de ces lettres, datée du 14 prairial an xı (6 juin 1803), il
est beaucoup question de M. et de Mᵐᵉ Suard, et de Mˡˡᵉ de Meulan,
sœur cadette de celle qui devint plus tard Mᵐᵉ Guizot, et, en passant seulement, des poésies de Clotilde dont Vanderbourg se borne
à annoncer l'envoi à son correspondant. Mais dans la seconde, écrite
deux jours après (16 prairial, 8 juin), Vanderbourg répond à quelques objections de son correspondant, objections, les unes historiques sur lesquelles il ne cède pas, les autres littéraires et même
grammaticales sur lesquelles il se montre beaucoup plus accommo-
dant. A ces divers titres, les deux lettres publiées par le *Bibliographe alsacien* sont intéressantes et curieuses.

poids. Vanderbourg le regrette assurément, mais dés-
espère de les convertir, attendu, ajoute-t-il [1], que les
preuves tirées du sentiment n'ont pas grand pouvoir sur
eux, et qu'ils sont l'un et l'autre plus que septuagénaires, ce qui n'est exact que pour l'un d'eux, toutefois,
puisque, si Morellet, né en 1727, avait 76 ans en 1803,
Suard, né en 1734, n'avait que 69 ans. D'autres incrédules manifestent leur opinion de diverses manières.
Vanderbourg et Heinrichs reçoivent chacun le diplôme
de membres de la *Société des Gobe-Mouches, sans que*,
dit Vanderbourg dans l'une de ses lettres (16 juillet
1803), *le brevet dise si c'est en qualité de donneurs ou de
gobeurs de bourdes* [2]. M. de Ségur, ancien ambassadeur,
conseiller d'Etat, membre de l'Institut, vient de publier,
dans la *Bibliothèque française*, un article écrit avec
beaucoup d'esprit et même avec trop d'esprit, où l'on
reconnaît le ton de la bonne compagnie, mais dans lequel, tout en faisant le plus grand éloge du recueil, il
le considère comme très-moderne, insinue que Vanderbourg y a eu une grande part, et, enfin, en donnant à
des vers du cardinal de Bernis une tournure archaïque,
essaie de montrer comment on a pu donner le même
costume aux poésies de Clotilde. La *Décade philosophique* et le *Journal de Paris*, dans un article signé
Indagator, mais dont l'auteur est le tribun Carrion-
Nizas, viennent de l'attaquer avec force, et Vanderbourg
et Heinrichs, piqués au vif par ce dernier article,
n'épargnent non plus à l'auteur ni les violences ni les
injures.

---

[1] Pièces justificatives, n° 18.
[2] *Ibid.* n° 21.

Mais il y a bien des compensations, et le nombre des croyants et des admirateurs est plus grand que celui des détracteurs et des incrédules. Le baron de Sainte-Croix, auquel déjà Vanderbourg avait communiqué les pièces qu'il avait transcrites à Dusseldorf, propage la gloire de Clotilde dans les salons. Michaud, dans le *Mercure*; d'autres écrivains, dans la *Clef du Cabinet*, et le *Courrier des spectacles,* ont parlé très-avantageusement de la moderne *Sapho*. Le *Citoyen françois lui-même*, dit Vanderbourg, chez lequel on retrouve toujours un léger levain d'émigré, le *Citoyen françois lui-même, dont nous avions tout à craindre pour les allusions, a fait un article très-raisonnable, aussi raisonnable qu'il pouvoit l'écrire sans perdre son titre de Citoyen.* Un libraire dont on nous permettra ici et dans les pièces justificatives de ne donner que l'initiale, quoique Vanderbourg le nomme en toutes lettres, M. R..., *riche, influent, mais très-avare, quoique aussi honnête homme qu'il est possible de l'être avec un pareil défaut,* vient d'acheter cinquante exemplaires et offre de faire la moitié des frais d'une édition en petit format dont Vanderbourg trace le plan. Un journal fort peu connu aujourd'hui, le *Bulletin de la littérature,* par Lucet, dans un article dont le libraire Heinrichs adresse un exemplaire à Madame de Surville (¹), élève quelques objections, mais se déclare convaincu par la préface de Vanderbourg. Enfin, le *Journal des Débats* dans un excellent article, et le *Moniteur* dans deux articles re-marquables, aboutissent à cette conclusion qui est la nôtre, qui est, à ce que nous croyons, la vraie, et qui,

---

(¹) Pièces justificatives nos 19 et 19 bis.

enfin, toute sa correspondance le prouve, est celle de
Vanderbourg lui-même, c'est que le *recueil des poésies
de Clotilde est un excellent tableau original retouché par
des mains habiles* (¹).

Désormais l'affaire est lancée ; à partir de ce moment,
moins d'intérêts sont en cause, et les lettres de Vanderbourg, dont la correspondance avec la famille de Surville dura encore plusieurs années, deviennent de plus
en plus rares. Toutefois, quelques-unes d'entre elles
sont encore fort curieuses. Ainsi, dans sa lettre au frère
du marquis de Surville, en date du 9 juin 1803, Vanderbourg répond, non-seulement aux reproches que
celui-ci lui avait adressés au sujet de la sévérité de ses
jugements sur les essais poétiques de l'ancien émigré,
mais à des offres d'indemnité que la famille lui avait
faites pour les travaux qu'avait exigés la publication des
œuvres de Clotilde. Ici encore, et dans quelques-unes
des lettres suivantes, nous rencontrons des preuves de
ce désintéressement, à la fois si louable et si rare, que
Vanderbourg avait apporté dans toute cette affaire. Il
persiste à considérer les héritiers de M. de Surville
comme les seuls propriétaires de ses manuscrits, se con-
tentant seulement d'*avoir associé sa modeste prose aux
sublimes poésies de Clotilde*, et ce n'est qu'après de longues instances, après une lutte de délicatesse, aussi
généreuse et aussi honorable d'une part que de l'autre,
qu'il consent à laisser faire à son profit une édition en
petit format des poésies qu'il a si activement contribué
à faire connaître (²). N'avais-je pas raison de dire que

(¹) Pièces justificatives nᵒˢ 18, 21, 22.
(²) *Ibid.* nᵒˢ 20 et 21.

cette correspondance, complétement inconnue jusqu'à présent, est précieuse, non-seulement parce qu'elle sert à résoudre une question d'histoire littéraire si vivement débattue depuis soixante ans, mais parce qu'elle fait aimer et estimer la mémoire d'un des hommes qui ont le plus honoré l'Institut de France par le caractère comme par le talent ?

Huit mois s'écoulent ensuite sans laisser de traces dans cette correspondance, qui ne reprend qu'au mois d'avril 1804. C'est que, dans cet intervalle, comme Vanderbourg le raconte lui-même ([1]), il s'est trouvé chargé d'un grand travail littéraire. Heinrichs est devenu l'éditeur d'un nouveau journal, les *Archives littéraires de l'Europe*, et Vanderbourg, après s'être engagé seulement, d'abord, à y fournir quelques articles, puis à prendre part à la rédaction, en est devenu le rédacteur en chef, et rédige seul la *Gazette littéraire*, jointe chaque mois aux numéros de ce journal, et dans laquelle on rend compte du mouvement de la littérature dans l'Europe entière. « Vous devinez bien, Madame, » dit-il à son honorable correspondante, qu'un tel tra- » vail me prend tout mon temps, et, si vous pouviez » me voir, surtout dans les derniers jours du mois, en- » touré de journaux et de livres étrangers et de feuilles » d'imprimerie, vous seriez plutôt portée à me plaindre » qu'à me gronder. » La collaboration de Vanderbourg à cet excellent recueil, qui parut de 1803 à 1808, est, en effet, comme le dit très-justement Daunou, un de ses principaux titres littéraires, et il préluda ainsi à la col-

---

([1]) Pièces justificatives, n° 23.

laboration active, féconde, utile, qu'il devait prêter au
Journal des savants, de 1816 à 1827, date de sa mort.
Toutefois, il ne perd pas de vue les œuvres de Clotilde.
La petite édition, celle à son profit, est achevée, les
exemplaires ne se vendront que 48 sous, et le débit en
sera rapide. La grande n'est pas écoulée ; la rupture de
la paix en a empêché la vente en Angleterre et ralenti
l'écoulement partout. Il n'en a pas été vendu, malgré
toutes les espérances, en Allemagne, parce qu'un libraire nommé Fauche en a fait une contrefaçon à
Brunswisk. Le libraire Heinrichs va partir pour la foire
de Leipzig, où il en vendra lui-même sur les lieux quelques centaines d'exemplaires. Du reste, les frais, qui se
sont montés à 3,994 livres et 10 sous, sont couverts depuis longtemps ; tout ce qui se vend est bénéfice net,
et Heinrichs, aussitôt son retour, proposera à M. de
Surville un arrangement pour le partage des bénéfices
acquis et à acquérir de cette édition. En effet, trois mois
plus tard, le 9 juillet 1804 [1], Vanderbourg propose un
arrangement qui est accepté : tous ces honnêtes gens,
grands seigneurs, homme de lettres, libraire, ne peuvent pas avoir de différends. L'impression a coûté près
de 4,000 fr. ; le produit de l'édition, lorsqu'elle sera
complétement écoulée, sera d'environ 9,000 fr. Il y aurait donc un bénéfice de 5,000 fr. Il faut en déduire les
exemplaires donnés, les remises aux libraires, les risques à courir sur les crédits non recouvrés. Il resterait
donc un bénéfice net de 3,700 à 3,800 fr., soit 1,800 à
1,900 fr. pour la famille de Surville. Heinrichs propose

---

[1] Pièces justificatives n° 24.

de régler le tout pour 1,500 fr., payables en deux traites de 750 fr. chacune, tous droits de propriété réservés pour la famille, arrangements que, comme nous le voyons bientôt, Madame de Surville et son beau-frère acceptent, pleins de confiance, et d'une confiance légitime, et dans l'honnête libraire qui les propose, et dans le littérateur honorable et désintéressé qui les transmet.

C'est à ce titre-là que ces questions de chiffres ont elles-mêmes leur curiosité et leur intérêt. J'ai respiré à mon aise, qu'on me permette de le dire, et à pleine poitrine, pendant tout le temps que j'ai mis à dépouiller, à lire, à commenter, à analyser cette correspondance, si franche, si sincère, si loyale, entre d'honnêtes gens qui ne se sont jamais vus, qui ne se sont pas encore personnellement connus, mais qui à distance, à une grande distance, les uns habitant le Vivarais, les autres, soit la rue de la Loi, comme l'on appelait alors la rue Richelieu où demeurait le libraire Heinrichs, soit la rue Vivienne qu'habitait en dernier lieu Vanderbourg, se devinaient, se comprenaient et sentaient que, par le cœur, l'honnêteté, la probité, ils étaient véritablement tous de la même famille. Quel est le roman, j'entends parler de ceux qui font le plus de bruit aujourd'hui, qui peut laisser après lui un tel parfum d'honneur et de vertu, et produire sur l'âme une impression aussi douce, aussi calme, aussi salutaire?

Rien de ce qui touche les uns n'est désormais indifférent aux autres, et, après un nouveau silence de quelques mois, Vanderbourg, dans deux lettres, l'une du 8 mars, l'autre du 3 mai 1805 ([1]), annonce à Madame de

---

([1]) Pièces justificatives nos 25 et 26.

Surville qu'il vient de se marier, et entre dans les détails les plus intimes sur la famille, la position de fortune, l'âge, la physionomie, le caractère de la compagne qu'il vient de se donner. De son côté, il a vu des
parents de Madame de Surville, et, quelque sévère que
soit la retraite d'un homme livré à l'étude, il a passé de
longues heures, on le voit, à écouter les détails qu'ils
lui ont donnés sur le château du Pradel qu'habite l'honorable famille dont il est devenu, pour ainsi dire, l'un
des membres, depuis qu'il a contribué à répandre dans
toute l'Europe le nom et la gloire de Clotilde. Que nous
sommes loin de ces insinuations malveillantes, gratuites,
injustes et sans fondement, d'illustres écrivains cités
au commencement de cette étude, et qui attribuent,
pour ainsi dire, à Vanderbourg l'invention de cette Clotilde de Surville qui n'aurait été pour lui qu'un piédes-
tal pour se poser et une enseigne pour faire connaître
son nom ! Au milieu de ces épanchements naïfs et sincères, il ne lui manque qu'un bonheur : il souhaiterait
voir enfin Madame de Surville donner suite à un projet
de voyage à Paris, grosse affaire, il y a soixante ans.
Libre, comme il le dit, *du malheureux état de garçon*,
il serait heureux de la recevoir dans son petit ménage.
Mais, cette espérance ne semblant pas devoir se réaliser,
il reprend la plume et, le 21 octobre 1805, il saisit
l'occasion de dire son dernier mot et de formuler son
jugement définitif sur ces œuvres de Clotilde, dont il a
été l'habile et désintéressé éditeur, mais dont il ne se
doutait guère que le plus illustre et le plus accrédité de
ses biographes viendrait, un jour, sans hésitation, lui
attribuer la paternité ([1]). Un M. de Villeneuve, de Tou-

---

[1] Pièces justificatives, n° 27.

louse, ami du marquis de Surville et ancien camarade
de Vanderbourg dans la marine, est venu le voir à
Paris et lui a affirmé que, pendant l'émigration, il avait
obtenu de prendre une copie des mêmes pièces que
possède Madame de Polier ; il lui promet de les lui
envoyer à son retour en Languedoc. Cette promesse a
été tenue ; et Vanderbourg annonce qu'il vient de recevoir des pièces nouvelles, les unes copiées par M. de
Villeneuve, les autres de la main de M. de Surville. Mais
toutes ces pièces lui paraissent supposées, et il ajoute,
avec ce goût littéraire et cette loyauté qui ne se démen-
tent jamais : « Tout me persuade qu'en cela M. de Sur-
» ville ressembloit à beaucoup d'autres à qui l'appétit
» vient en mangeant ; qu'il n'avoit réellement emporté
» de France que très-peu de pièces originales de Clo-
» tilde, et qu'il a voulu y suppléer de son propre fonds.
» Il paroît que tel sera le dernier résultat des recher-
» ches faites en Écosse, d'une manière officielle, sur
» l'authenticité des poèmes d'Ossian. Ceux que Mac-
» pherson publia d'abord n'étoient, il est vrai, qu'une
» mosaïque, mais dont les pièces de rapport étoient
» du moins originales, au lieu que les derniers poèmes
» qu'il fit imprimer paroissent aujourd'hui lui apparte-
» nir uniquement. » Vanderbourg ajoute qu'il ne cesse
cependant de penser à Clotilde et qu'il achète tous les
vieux poètes qu'il rencontre, mais sans en trouver un
seul qu'on puisse lui comparer, soit pour les pensées,
soit pour la perfection de la versification et du style : « Le
» sentiment seul, dit-il, soutient ma foi, mais en ad-
» mettant que les œuvres de la muse de l'Ardèche ont
» été soigneusement retouchées. »

8

Conclusion.

Nous avons déjà entendu un éminent critique dire
précédemment quelque chose de semblable, et comparer les poésies de Clotilde à *un excellent tableau original
retouché par des mains habiles.* Tel me paraît être, en
effet, le dernier mot de la question, et tel est le résultat
des études que nous venons de faire. Il est évident, désormais, et il serait puéril d'insister sur ce point, que
Vanderbourg, quoi que puisse dire Daunou, n'a pas
composé un seul des vers qu'il a publiés sous le nom de
Clotilde de Surville, et même que, avec un discernement
inspiré par le goût, il n'a pas publié tous ceux qu'il avait
entre les mains. Sans doute, Vanderbourg n'a eu à sa
disposition que des manuscrits de la main de M. de Surville ; sans doute, il en a été de même des autres personnes que nous avons vues intervenir dans notre récit,
la veuve du marquis de Surville, son frère, Mme de Polier,
le marquis de Brazais, qui tous ont vu des copies de la
main de M. de Surville, mais dont aucun n'a vu jamais
une seule ligne de la main de Clotilde. De là des
doutes, en eux-mêmes très-légitimes ; de là cette hypothèse de M. Villemain et autres critiques, que le marquis de Surville pourrait bien avoir été quelque chose
de plus que le simple copiste des vers de son aïeule, et
que ceux-ci pourraient être son propre ouvrage. Mais
deux grands et puissants motifs, deux raisons concluan-
tes, s'opposent à ce que l'on admette cette hypothèse,

du moins dans toute sa rigueur : d'abord, la nullité du talent poétique du marquis de Surville, trop bien constatée par les malheureux essais de sa muse qui m'ont été communiqués, soit imprimés, soit manuscrits, et dont j'ai cité des fragments plus haut ; en second lieu, cette belle lettre adressée, la veille de sa mort, à celle qui allait devenir sa veuve, lettre qui n'a pas été supposée, comme l'insinue M. Villemain, dont j'ai eu longtemps entre les mains l'original autographe que j'ai montré à beaucoup de personnes, qui appartient à M. de Watré, et dans laquelle, *sur le point de paraître au grand tribunal*, suivant ses propres expressions, M. de Surville se préoccupe avec tant de sollicitude des *œuvres immortelles* de son aïeule. On ne ment pas, on ne pose pas, on ne soutient pas des paradoxes, dans un semblable moment. M. de Surville a donc été de bonne foi, cette lettre le prouve, et voilà pourquoi je la reproduis intégralement dans les pièces justificatives de ce volume, non-seulement comme la plus belle et la plus touchante, mais comme la plus concluante et la plus décisive de toutes celles que je publie ([1]).

Rappelons-nous, du reste, les témoignages du frère du marquis de Surville se souvenant d'avoir vu entre les mains de celui-ci de vieux manuscrits récemment découverts et péniblement transcrits avec l'aide d'un feudiste : ceux de M. de Villeneuve, de M. Dupetit-Thouars, de M. de Fournas, ayant vu le marquis de Surville, avant et pendant l'émigration, absorbé par le déchiffrement de

---

([1]) Pièces justificatives n° 28. — Rapprocher les dernières lignes du marquis de Surville à Madame de Polier (*Ibid.* n° 3).

ces manuscrits qui disparurent, très-vraisemblablement,
dans l'auto-da-fé qui consuma les papiers de la famille
de Surville à Viviers pendant la Terreur, ou peut-être par
l'insouciance du dépositaire de Donzère ; surtout celui du
marquis de Brazais disant si naïvement dans sa lettre à
Mme de Surville (¹) comment le marquis de Surville cor-
rigeait, effaçait, ajoutait, modifiait et transformait les manuscrits qu'il avait entre les mains. Ces manuscrits da-
taient-ils du xve siècle ? Étaient-ils de la main de Clotilde ?
N'étaient-ils pas de la main de l'une des descendantes de
Clotilde, Jeanne de Vallon, qui, déjà au xviie siècle, aurait remanié, retouché, embelli, gâté les œuvres, les essais, les esquisses plus ou moins informes de son aïeule ?
Cette dernière hypothèse est la plus vraisemblable. Mais,
enfin, et Jeanne de Vallon au xviie siècle, et le marquis
de Surville à la fin du xviiie, soit en rajeunissant et en
essayant d'embellir ce qui leur semblait trop grossier,
soit en vieillissant encore, avec une sorte d'affectation
d'archaïsme, ce qui était déjà bien vieux, ont travaillé
sur un fond ancien dont l'authenticité peut d'autant
moins être révoquée en doute qu'il paraît prouvé par de
nombreux témoignages que, bien des années avant l'édition de Vanderbourg et même les publications du *Jour-*
nal de Lausanne, l'on chantait, dans le Vivarais, surtout
à Vallon, les Verselets à l'Enfant et les Stances à Alain
Chartier (²). Qu'ont-ils conservé ? qu'ont-ils fait disparaî-

----

(¹) Pièces justificatives n° 5.

(²) Ce fait curieux, dont plusieurs personnes du pays m'avaient
déjà parlé, est confirmé dans un travail récent de M. Ollier de Marichard sur les explorations qu'il a faites dans les grottes, les tumuli
et les dolmens de cette partie du département de l'Ardèche (in-8°

tre? qu'ont-ils ajouté, dans l'ardeur de leur zèle pour la gloire de leur famille et pour l'illustration de leur noble aïeule? Personne, assurément, ne pourrait le dire. Mais, il me paraît impossible de révoquer en doute l'existence d'une femme poète du XVe siècle, ayant composé des vers magnifiques inspirés par l'amour maternel, l'affection conjugale, de nobles sentiments patriotiques, vers qui, cependant, ne nous sont pas parvenus dans leur originalité, leur pureté, ou, ce qui rend mieux notre pensée, leur rudesse primitive. Toutefois, plusieurs de ceux, sinon tous ceux, que Vanderbourg, en homme de sens et de goût, a insérés dans son recueil, en faisant un choix et un triage rigoureux, comme nous l'avons entendu le dire lui-même, ne sont vraisemblablement pas trop altérés, falsifiés, gâtés ou embellis, et telle a été, jusqu'à la fin de sa vie, l'opinion de Vanderbourg, comme cela résulte de deux lettres qu'il écrivait à M. de Surville jeune en 1822 et 1824, au moment où il préparait une nouvelle édition des poésies de Clotilde (¹).

Ne craignons donc plus de revenir à l'admiration que ces belles pièces, l'*Héroïde à Bérenger*, le *Chant royal à Charles VIII*, les *Chants d'amour*, surtout les *Verselets à mon premier-né*, excitaient dans notre jeunesse. Cessons, quoi qu'en aient pu dire d'illustres critiques qui n'avaient pas eu et ne pouvaient pas avoir les documents sous les yeux, cessons de les attribuer, soit

---

de 76 pages. Montpellier et Paris, 1869, p. 9, note). — Voir aussi Pièces justificatives nº 33.

(¹) Je dois la communication de ces deux lettres inédites à la bienveillance de M. Albin Gondureau, propriétaire à Avignon et allié à la famille de Surville. — Voir Pièces justificatives nᵒˢ 31 et 32.

au marquis de Surville qui, même *en vieillissant sa muse*, était incapable de les produire, soit, et encore bien moins, à Vanderbourg qui n'en a été, nous venons d'en avoir les preuves, que l'éditeur intelligent et dés-intéressé; rendons, enfin, à CLOTILDE DE SURVILLE, parmi les poètes français, son rang et sa place que les plus récents historiens de notre littérature semblent avoir pris à tâche de lui enlever par un dédaigneux et injuste silence!

PIÉCES JUSTIFICATIVES

(Originaux autographes appartenant à la famille de Watré (¹).)

N° 1. — Vanderbourg à Mme de Surville.

Paris, 2 décembre 1801.

Madame, je dois commencer par réclamer votre indulgence pour
la démarche que je hasarde en vous écrivant, sans avoir l'honneur
d'être connu de vous. L'objet dont j'ai à vous entretenir porte avec
soi mon excuse; il intéresse particulièrement et très-vivement les
lettres françoises, et pourroit vous être à vous-même, Madame, d'une
grande utilité.

J'étois à Dusseldorf, il y a plusieurs années, lorsque feu M. de
Surville y passa, et j'eus communication d'un volume manuscrit dont
il étoit possesseur, contenant des poésies d'une dame Marguerite-
Éléonore-Clotilde de Surville qui vivoit dans le xve siècle. Je n'ai
pas besoin de vous dire, Madame, à quel point j'en fus enchanté,
puisque vous devez les connoître. Mon enthousiasme alla si loin
qu'il me porta à commettre une petite infidélité. Je tirai copie de
trois morceaux : *la Romance de Rosalyre*, *l'Héroïde à son époux*
Bérenger et *le Chant royal à Charles VIII*. J'en fis autant de la
traduction de *l'Ode de Sapho* et d'une courte notice sur l'auteur de
ces sublimes ouvrages. Je quittai Dusseldorf quelques jours après.
Depuis cette époque, j'ai fait plusieurs fois la lecture des morceaux
cités, tant en Allemagne qu'en Danemarck, à des personnes éclairées
et faites pour goûter les belles choses. Il n'y a jamais eu qu'un avis
sur le mérite éminent de ces ouvrages, quoiqu'on ait souvent élevé des
doutes sur leur authenticité. On m'a souvent prié d'en laisser prendre
des copies; on a voulu même que je les livrasse à l'impression : j'ai
constamment refusé l'un et l'autre, comme étant des droits qui
n'appartenoient qu'à M. de Surville. J'étois bien sûr au moins de
l'usage que je ferois de la copie que j'avois eu, si vous voulez, l'in-

---

(¹) Voir page 42.

discrétion de prendre, mais sur un objet si délicat je ne pouvois m'en fier qu'à moi.

Je m'embarquai pour les isles Danoises de l'Amérique, et pendant le séjour de plusieurs années que j'y ai fait, je perdis absolument cet objet de vue.

A mon retour en Europe, je m'informai du sort de M. de Surville, et j'eus la douleur d'apprendre sa fin. Je vins à Paris où je suis depuis un an, et où j'ai des liaisons avec plusieurs hommes de lettres estimables. Je communiquai à quelques-uns ce que je possède des poésies de l'intéressante Clotilde, et j'en fis entr'autres une lecture chez M. le baron de Sainte-Croix, membre de l'ancienne académie des Inscriptions et Belles-Lettres. Je ne vous répéterai point, Madame, le jugement qu'on en porta. Il ne peut y en avoir qu'un seul sur ces belles poésies. Le désir général de ceux qui en ont vu des échantillons, c'est que l'on puisse parvenir à en retrouver le recueil pour le publier et faire ainsi le cadeau le plus précieux à la littérature françoise. Ce désir m'animant plus que personne, j'ai fait toutes les recherches possibles, et j'ai eu enfin le bonheur de rencontrer, chez ce même M. de Sainte-Croix, un M. de Cambis, *l'aîné*, ancien officier de la marine qui a eu l'honneur de vous connoître autrefois à Viviers, qui depuis a rencontré M. de Surville en Suisse, et qui m'a encouragé à m'adresser à vous-même, Madame, pour avoir des renseignements sur les manuscrits dont M. de Surville étoit possesseur, et savoir si vous voudriez vous rendre au vœu de tous les gens de goût en les publiant.

Ces manuscrits doivent être composés, s'il m'en souvient bien, de trois volumes, l'un, que j'ai vu, contenant des poésies détachées, un autre qui renferme un poëme épique, et le dernier qui est le *Roman du chastel d'Amour* ; sans compter les Mémoires de Clotilde.

Vous ne sauriez, Madame, rendre aux lettres un plus grand service que de publier ces ouvrages, soit en tout, ou en partie, et le libraire qui s'en chargeroit vous les païeroit, non pas ce qu'ils valent, mais un prix proportionné à l'immense débit dont il seroit sûr. Sans connoître l'état de votre fortune, je dois présumer qu'après tous les malheurs dont la France a été accablée, il est peu de familles pour qui un tel avantage fût à dédaigner. Vous voyez, comme j'ai eu l'honneur de vous l'annoncer en commençant cette longue lettre, que l'intérêt de la littérature et le vôtre sont les motifs et l'excuse de la liberté que je prends.

Il est inutile que je vous en dise aujourd'hui davantage. Si les manuscrits sont entre vos mains, Madame, et que vous me fassiez l'honneur d'approuver mon projet, je pourrai vous offrir un libraire et me charger d'être moi-même l'éditeur, mais sans prétendre que vous vous en teniez pour l'impression et les notes, ni à ce libraire, ni à moi. Vous serez toujours parfaitement libre à cet égard. Tout ce que je désire, c'est que les ouvrages de Clotilde deviennent publics. La satisfaction que j'aurois en coopérant à la publication, n'est pour moi que d'un intérêt extrêmement subalterne.

J'ai l'honneur d'être avec respect, Madame, votre très-humble et très-obéissant serviteur.   VANDERBOURG,

Ancien lieutenant des vaisseaux du roi.

P.-S. — Dans tous les cas, j'osé du moins vous prier, Madame, de m'honorer d'une réponse.

Mon adresse est au citoyen V., rue Mélay, n° 26.

N° 2. — Vanderbourg à Mme de Surville.

Paris, 2 mars 1802.

Madame, vous aurez peut-être été surprise de mon silence après votre lettre si obligeante et si flatteuse du 22 décembre dernier : vous aurez trouvé que je mettois bien peu d'empressement à profiter de la bonté que vous avez eue de me donner votre adresse. Je ne serois pas étonné que les apparences vous eussent fait porter ce jugement; elles sont contre moi, mais le fait est que, si j'ai différé à vous écrire, c'étoit pour me procurer des renseignements sur l'objet intéressant de notre correspondance.

En effet, Madame, tant par moi que par un homme de lettres avec lequel je suis lié, j'ai employé ce tems à faire des recherches qui pussent nous conduire à quelque découverte des précieux manuscrits que nous regrettons. Ce que nous avons appris est encore peu de chose, mais je ne dois pas tarder davantage à vous le communiquer.

Nous avons découvert ici quelques personnes qui ont eu l'honneur de connoître M. de Surville lors de sa rentrée en France, et même de voyager avec lui. Cet homme si intéressant et si infortuné ne manqua pas de leur parler de ces manuscrits qui l'occupoient sans cesse; il leur en récita plusieurs morceaux. M. de Surville étoit alors accompagné d'un ancien soldat de son régiment, devenu son domestique et son ami, et le seul homme dont il voulût accepter des secours pécuniaires. Les personnes qui l'ont connu dans ce tems-là apprirent encore de lui-même que l'homme en qui il avoit le plus de confiance, et qu'il avoit chargé de sa procuration à son départ, étoit un M. Pradel, maître de poste à Donzère près Montélimart; de sorte que l'on est persuadé qu'il n'a pu confier ses manuscrits qu'à l'un de ces deux hommes, à M. Pradel, à qui l'on peut écrire, ou au vieux soldat que malheureusement nous ne connoissons pas.

Après ces découvertes, nous en avons fait une autre. Nous avons su que M. de Surville, étant en Suisse, avoit publié dans le *Journal littéraire de Lausanne* différents extraits des Mémoires de Clotilde et plusieurs morceaux de poésies, tant de Clotilde elle-même que de plusieurs illustres Françoises qui l'ont devancée. Nous avons cherché ce journal à la Bibliothèque du roi: la collection n'étant pas complette nous a donné peu de nouveaux éclaircissemens, mais par ce moyen, nous sommes parvenus jusqu'à Mme de Polier, chanoinesse, qui dirigeoit alors le journal de Lausanne et qui habite maintenant Paris: c'est là notre découverte la plus importante. Mme de Polier, que nous avons vue deux fois, a été très-liée avec M. de Surville et paroit chérir sa mémoire. Elle nous a dit avoir entre les mains une partie de ses manuscrits, dont elle ne nous a fait voir qu'un seul cahier, où j'ai cru reconnoître son écriture. Je ne puis douter au moins qu'elle n'ait entre les mains beaucoup de morceaux de Clotilde que je n'ai pas. Mme de Polier me dit encore que M. de Surville lui avoit écrit peu de momens avant sa mort; que, dans cette lettre, il la chargeoit expressément d'achever la rédaction des Mémoires et autres manuscrits de Clotilde que vousmême, Madame, lui feriez passer: elle ajouta qu'elle vous avoit écrit il y a un mois, sans savoir bien précisément votre adresse, et qu'elle avoit joint à sa lettre une copie de celle de M. de Surville. Elle chercha l'original de cette dernière lettre pour nous le montrer, mais elle ne le trouva pas dans le moment, et s'excusa sur son grand âge qui ne lui permettoit pas de fouiller sans beaucoup de peine dans ses papiers. En général, il me sembla que Mme de Polier ne me témoignoit pas toute la confiance que j'aurois désirée. Elle eut l'air de croire que je voulois rivaliser avec elle pour l'édition des manuscrits. Elle a tort sans doute, puisque mon seul désir, dans toutes ces recherches, est la publication de ces chefs-d'œuvre à l'avantage de ceux à qui ils appartiennent légitimement, mais sa défiance est excusable. D'ailleurs, Madame, vous aurez reçu sa lettre, ou celle qu'elle vous écrit à présent, et vous connoîtrez alors positivement les intentions de M. de Surville.

J'avois envie d'écrire aussi à M. Pradel, et même de vous adresser une lettre pour lui; vous la lui auriez envoyée, en lui écrivant vous-même; et, si les manuscrits sont entre ses mains, c'eût été sans doute un moyen de les faire passer dans les vôtres. Mais j'ai pensé ensuite que vous aviez peut-être quelques renseignements sur M. Pradel dont je ne sais que le nom, et qu'il vaudroit mieux que j'attendisse vos ordres.

Je serai toujours prêt, Madame, à les recevoir et à les exécuter dans tout ce qui pourra dépendre de moi : je me croirois très-heureux de pouvoir vous rendre le moindre service. Au reste, M. de Surville ayant lui-même nommé un rédacteur pour ses manuscrits, tout ce que je puis faire c'est de m'occuper de les recouvrer, et de vous servir d'intermédiaire, si vous le désirez, avec ce rédacteur de son choix. Mme de Polier s'est beaucoup occupée de littérature, et il m'a paru qu'elle a déjà des collaborateurs pour les entreprises de ce genre qu'elle peut former.

Ce sera toujours un hasard bien heureux pour moi que celui qui m'a procuré l'honneur d'être en relation avec vous, Madame; donnez-moi vos ordres, je vous prie, au sujet de M. Pradel. Veuillez bien disposer de moi, quand je pourrai vous être utile, et croyez que je serai toute ma vie, avec un respectueux attachement, Madame, votre, etc.   VANDERBOURG.

P.-S. — Je vous prie de ne pas ajouter à mon adresse mon ancienne qualité de lieutenant de vaisseau. Je demeure à présent rue Sainte-Apolline, n° 6.

N° 3. — Mme de Polier à Mme de Surville.

(Copie textuelle. Orthographe scrupuleusement reproduite.)

Madame, il est des souvenirs douloureux qu'on retrace avec peine à ceux qu'ils ont affligé, et il est des circonstances qui entravent les démarches les plus simples : ces deux raisons, Madame, ont suspendu le désir que j'avois de me mettre en correspondance

avec vous, et de m'autoriser des dernières volontés de feu M. de
Surville pour vous envoyer quelques n^{os} d'un ouvrage périodique
auquel il attachoit assez de prix pour y fournir des extraits concernant Clotilde de Vallon et les femmes célèbres de la Provence. Il
me mandoit, quelques instants avant le moment fatal qui nous l'a
enlevé :

« Il ne me sera plus possible d'avoir quelque légère part à la
» confection de votre journal intéressant. Je vous prie d'en adres-
» ser quelques n^{os} à mon épouse qui les lira avec le plus vif intérêt.
» Adieu pour jamais, mon honorable Correspondante, mon excel-
» lente amie. Dans une heure peut-être, je vais paroître au grand
» tribunal. Je me recommande à vos prières, à votre souvenir, à
» celui de tout ce qui vous est cher. Mme de Surville possédera
» bientôt les extraits de Clotilde, elle aura l'honneur de vous en
» faire part, elle mérite à tous égards votre estime. Recevez mes
» derniers adieux, il m'est bien doux de trouver une âme honnête
» à qui je puisse sans crainte confier l'expression des sentimens de
» respect, de reconnoissance, d'estime que vous m'avez inspiré. »

La signature et votre adresse, Madame, terminent ce billet, dont
tous les journaux ont fait mention, et que je conserve avec les sentimens qui m'ont mérité ceux qu'il m'a montré. Je n'ai osé jusqu'à
présent profiter des moyens qu'il me donnoit de vous écrire, et vous
demander de réaliser son vœu sur notre correspondance.

Suivant son plan, je devois rédiger les Mémoires de l'intéressante
Clotilde. Je tiens d'autant plus à l'exécuter que j'ai travaillé avec
lui à établir la réalité de l'existence des manuscrits qu'il possédoit.
M. de Brazè, son ami intime et moi nous voudrions mettre en
ordre les matériaux d'après les notes qu'il m'a laissées. Il nous a
dit que vous étiez en partie en possession des manuscrits et qu'une
autre partie avoit été remise par lui au citoyen Pradelle, maître de
poste à Donzère, près de Montélimar. Il seroit essentiel, Madame, que
vous fissiez valoir vos droits pour qu'il vous les remette plutôt qu'à
la foule avide d'objets propres à réveiller la curiosité et l'apathie
littéraire. En nous envoyant contre notre quittance les manuscrits
que vous possédez, et ceux qu'a M. Pradelle, ils seront mis en œuvre selon le plan tracé par M. de Surville et que je possède, et cette
affaire en honorant sa mémoire, en remplissant ses volontés, nous
procureroit des jouissances littéraires. Sans vous être connue, Madame, mes relations avec feu votre époux vous instruisent de mes

principes ; mon nom et ma réputation sont, j'ose le croire, des ga-
rants qui la confiance (sic). La votre, Madame, me sera précieuse
par tout ce que M. de Surville m'a dit de son épouse. Veuillez
me répondre et agréer l'assurance du désir que j'ai de remplir les
volontés dernières de M. votre époux en entrant en correspondance
avec vous, et de la considération distinguée avec laquelle j'ai l'honneur d'être, Madame, votre, etc.   DE POLIER,

Chanoinesse prussienne.

Paris, le 18 pluviôse. Rue Vieille-Saint-Marc, n° 15.

P.-S. — Si par quelques raisons, en m'envoyant les manuscrits
que vous possédez, Madame, vous préfériez que je retirasse moi-
même ceux qui sont en dépôt chez M. Pradelle, veuillez m'envoyer
une procure de votre main qui m'y autorise.

A Madame Pauline de Surville née d'Artempde,
  chez M. de Mirbelle, à Villeneuve le Bergen
  (sic), département de l'Ardèche, à Villeneuve
  le Bergen.

N° 4. — Mme de Polier à Mme de Surville.

(Orthographe fidèlement reproduite.)

Madame, j'ai eu l'honneur de vous écrire, il y a quelques semai-
nes, en vous envoyant, Madame, la copie de la lettre que m'écrivit
votre estimable et malheureux époux quelques momens avant sa
mort, et dans laquelle il me chargeoit de continuer la rédaction des
œuvres de Clotilde que nous avions commencé ensemble, m'invitoit
à correspondre avec son aimable veuve et m'annonçoit qu'il m'en-
verroit les pièces nécessaires à notre plan. J'ajoutai à ma lettre
l'adresse de M. Pradelle, maître de poste à Donzère près de Montélimart, que M. de Surville m'avoit dit être dépositaire d'une malle de
ses manuscrits, auquel je n'ai point voulu écrire parce que je trouve,
Madame, que seule vous avez le droit de les retirer, mais je vous
priois, au cas que vous ne voulussiez pas le faire, de m'autoriser
par une procure signée de votre main à les lui redemander. Telle
étoit le contenu de ma première lettre ; j'attendois une réponse, je
ne l'ai point reçue. M. Vanderbourg m'a communiqué celle qu'il a
eue de vous, elle me confirme dans l'idée qu'une âme aussi belle,
aussi sensible que la vôtre jouirai (sic) trop du bonheur d'exécuter

les dernières volontés de l'époux infortuné qu'elle regrette, pour que votre silence à l'égard d'une amie qu'il estimoit assez pour lui consacrer les derniers instants de sa vie, n'ait pas une cause étrangère à votre cœur. Je reprends donc la plume, en rappellant ce que j'ai eu l'honneur de vous écrire. J'ajoute que si vous n'aviez pas reçu ma première lettre, je vous renverrois une copie de celle que l'infortuné que nous regrettons toutes deux m'écrivit peu d'instants avant la catastrophe qui nous l'enleva. Les journaux françois m'avoit tellement compromise par la publicité qu'ils donnèrent à cette lettre, monument d'un grand caractère, qu'arrivant à Paris je n'ai point voulu vous compromettre à mon tour, et c'est la raison qui a retardé et suspendu mon désir d'exécuter les dernières volontés de notre ami. Aujourd'hui qu'une correspondance purement littéraire n'a plus d'inconvénient, j'ai la plus grande impatience de voir réaliser celle que M. de Surville désiroit voir s'établir entre nous, et votre lettre à M. Vanderbourg l'augmente. J'y trouve le caractère que m'a dépeint votre époux, l'esprit qu'il apprécioit si bien; l'intérêt de sa gloire doit réunir sa femme, son amie, et M. de Brazé son ami qu'il chargea de corriger les choses inintelligibles. Entre nous trois, Madame, nous remplirons les vues de l'infortuné défunt. Nous prenons à la chose l'intérêt que donne l'amitié, nous avons son plan, ses notes, ses cahiers de sa propre main, et lorsque nous aurons les manuscrits qu'il m'avoit annoncés, notre travail, bien différent de celui de ceux qui ne l'ayant point connu ne peuvent avoir que des vues étrangères, remplira ses intentions et les vôtres, et réuniront ses amis à sa veuve. J'attends une réponse de vous, Madame, j'espère qu'une correspondance suivie s'établira entre nous. Je la désire comme une jouissance depuis que votre lettre à M. Vanderbourg m'a confirmé l'idée avantageuse que M. de Surville m'avoit donné de son aimable épouse. M. de Brazé, qui a l'honneur de vous écrire, plus heureux que moi fera peut-être votre connoissance personnelle. Si vous pouvez ravoir les manuscrits de M. Pradelle, il iroit les prendre chez vous, conférer avec vous sur l'exécution du projet que notre ami avoit confié à nos soins, et il vous diroit, Madame, combien nous désirons tous deux travailler à remplir ses volontés dernières. En attendant votre réponse, agréez, je vous prie, l'assurance de mes sentimens les plus distingués.

De Polier, *chanoinesse prussienne.*

Paris, le 19 ventôse ou 9 de mars. Rue Vieille-Saint-Marc, n° 15.

(P. P. Paris.) — A Madame Mirabelle de Surville
au Pradele (sic), près de Villeneuve-le-Berger
(sic), département de l'Ardèche, France.

N° 5. — Le marquis de Brazais à Mme de Surville.

J'étois extrêmement lié, Madame, avec votre malheureux époux et même avec son frère. En me communiquant tous les ouvrages de Clotilde de Vallon, il m'avoit fait part de son plan pour l'édition; il m'avoit engagé à l'aider et à corriger certains morceaux; sans son inflexible amour pour les mots les plus vieux et les plus inintelligibles, je m'en serois fait un plaisir; car le génie sensible, délicat et sublime de Clotilde perd autant par la barbarie des vieux mots insignifiants que Surville lui a prêtés dans son enthousiasme pour la langue romane, que par une élégance trop moderne qu'il lui a quelquefois donnée. L'édition des œuvres de Clotilde auroit un infaillible et prodigieux succès; mais il faut consulter et suivre le discernement du goût et ne pas mêler le dégoût aux plaisirs du lecteur.

J'étois chez Madame la chanoinesse de Pollier lorsque M. de Vanderbourg y fit la lecture de votre lettre, Madame; je n'ai jamais rien entendu de mieux écrit, de plus noble, de plus touchant, et les regrets de n'avoir pas l'honneur de vous connoître et je ne sais quelle admiration qui part du cœur m'ont rendu impatient d'avoir celui de vous écrire. Madame de Pollier, qui a quelque amitié pour moi, étoit chargée par Surville, bien avant et au moment surtout de sa fin courageuse, de rédiger l'ordre qu'il vouloit mettre à l'édition des œuvres de Clotilde, et, invité par tous les deux, je devois me charger de la partie des vers. La mort, l'égarement des manuscrits, ont interrompu ce projet; ainsi que Madame de Polier, je possède quelques cahiers écrits de la main de Surville, mais on dit que le dépôt en masse est entre les mains de M. de Pradelle, maître de poste. Il n'y a que vous, Madame, qui ayez le droit absolu de les réclamer à ce dépositaire s'il n'est pas infidèle. Mais vous avez marqué beaucoup de confiance à M. de Vanderbourg, et cependant n'ayant jamais connu M. de Surville, il ne peut ressentir que l'intérêt d'une spéculation lucrative, au lieu que Madame de Pollier et moi, j'ose le dire, amis de votre malheureux époux, chargés de ses volontés dernières, nous ressentons de plus la gloire et l'intérêt de son nom et de sa mémoire et les devoirs de l'amitié. Ayez donc la bonté d'écrire à M. de Pradelle, de répondre à Madame de Pollier et de permettre, si les manuscrits vous sont rendus, que j'aille moi-même les chercher, prendre vos ordres qui nous seront sacrés, vous prier de nous associer à vous, enfin vous offrir mon respect et mes hommages. Surville m'avoit beaucoup parlé de vous, Madame, avec les sentimens d'estime et de tendresse qu'il vous devoit, mais que j'étois loin de l'idée que votre charmante lettre m'a fait concevoir de votre esprit, de votre cœur, de votre physionomie même, car je la devine et vous avez sûrement quelques traits de Clotilde. Je suis, Madame, en attendant votre réponse, etc.   Brazais.

Rue de l'Université, au coin de celle de Bellechasse, nº 289, à Paris. — Le 3 mars 1802.

Nº 6. — Vanderbourg à Mme de Surville.

Paris, 23 avril 1802.

Madame, je n'ai reçu qu'avant-hier votre lettre du 22 février confiée à M. Genton; celle du 29 mars, étant venue par la poste, l'avoit de beaucoup précédée. Sensible comme je dois l'être aux bontés et à la confiance que vous me témoignez, il est de mon devoir d'y répondre, non-seulement par tous les services qui dépendront de moi, mais par une confiance égale à la vôtre.

Je dois commencer, Madame, par rectifier une méprise où ma première lettre a pu vous faire tomber, quoiqu'elle m'ait été très-favorable. Quoique je me sois trouvé à Dusseldorf en 1794, en même tems que M. de Surville, je n'ai point eu l'honneur d'y acquérir son amitié, ni même de faire sa connoissance. Ce fut par les mains d'une tierce personne qu'un volume de ses manuscrits me fut communiqué. Je ne sais si cette franchise de ma part pourra diminuer la confiance que vous m'avez accordée, mais je sais bien que je ne voudrois pas la conserver en vous laissant volontairement dans l'erreur. D'un autre côté, je dois vous dire encore que les manuscrits que j'ai vus entre les mains de Mme de Polier et les numéros du *Journal de Lausanne* dont elle avoit la rédaction, ne peuvent me laisser aucun doute sur ses liaisons avec M. de Surville. Si quelque chose pouvoit me faire soupçonner sa bonne foi, c'est le silence que vous gardez, Madame, sur cette lettre de votre malhaureux époux dont elle m'a dit vous avoir donné communication, et dans laquelle, selon Mme de Polier, il la chargeoit de mettre au jour les

manuscrits de Clotilde. Cela ne me semble même pas s'accorder avec
le passage de sa lettre dont vous avez eu la bonté de me faire part;
mais il me paroît fâcheux de soupçonner d'une telle fausseté une
ancienne chanoinesse d'un âge aussi respectable que Mᵐᵉ de Polier.
Dans cette incertitude, j'ai donc cru devoir vous exposer naïvement
les faits, vous dire que je n'ai d'autres titres à me faire l'éditeur des
manuscrits de Clotilde que mon amour pour les lettres et mon envie de vous servir, et vous laisser examiner à vous-même ceux de
Mᵐᵉ de Polier qui doivent vous être mieux connus qu'à moi, puisqu'elle vous les aura exposés dans tous leurs avantages et que vous
êtes à même d'en juger la validité.

Je serois très-affligé que vous pussiez prendre les scrupules que
je vous expose pour les subterfuges d'un homme qui ne veut pas
tenir ce qu'il a promis. Non, Madame, mes dispositions sont toujours les mêmes et, si vous persistez à me préférer à Mᵐᵉ de Polier
pour la publication de vos manuscrits, vous pouvez compter sur
mon zèle, sur mon entier dévouement; trop heureux de pouvoir
être utile aux lettres, à vous-même, Madame, et au frère d'un homme
si digne des regrets et de l'estime des honnêtes gens!

Je n'ai pas revu Mᵐᵉ de Polier, parce que la situation où je me
trouve vis-à-vis d'elle est assez délicate. Cependant si vous ne par-
veniez pas à retrouver les manuscrits dont le dépôt même vous est
encore inconnu, ceux que la chanoinesse possède deviendroient très-
précieux. Je me présenterai donc chez elle, si vous le désirez, mais
il faudroit que je susse que penser de cette lettre de M. de Surville
dont j'ai eu l'honneur de vous parler, et par conséquent que vous
eussiez la bonté de m'en dire votre opinion.

Recevez, Madame, mes sincères remercîments de vos lettres obli-
geantes, et comptez à jamais sur le zèle et le respectueux attachement de votre, etc.   VANDERBOURG.

(A Madame de Surville, au Pradel, par
    Villeneuve-de-Berg, département de
    l'Ardèche.)

Nº 7. — Mᵐᵉ de Chabanolle à Mᵐᵉ de Surville.
{Copie aussi fidèle que possible.}

Il y a longtems que je désirois trouver une occasion sûre pour
vous faire passer un dépôt que m'avois confié le plus vertueux de

tous les hommes. Je m'étois décidé à la fin de faire moi-même le voyage, n'osant me fier à personne. J'aurois eu la plus grande satisfaction de vous dire à vous-même ses dernières conversations; oui, Madame, j'ose vous dire qu'il nous a laissé un regret qui ne finira qu'avec nos jours. Nous ne pouvons pas nous faire une raison qu'on ait attenté au jour d'un homme aussi respectable. Il nous été attaché, il nous avait adopté pour ses enfans, et nous avions pour lui toute la tendresse d'un père. Avec quelle bonté il nous disoit qu'il se croiroit heureux de finir ses jours avec nous tous. Le bonheur était bien pour nous. Lorsque nous ayons le plaisir de le posséder, et tous étions bien décidé à sacrifier nos vies avant de le laisser sortir de la maison, s'il ne m'eut pas dit quelques raisons qui me parurent légitimes pour faire un petit voyage de vingt-quatre heures. Les personnes avec qui il avoit affaires le retinrent trois jours, et c'est dans ce fatal moment qu'il fut arrêté. Ha! sans doute qu'il avoit un pressentiment de ce qu'il lui arriva. Il m'appella dans sa chambre et me dit, me voyant affligé de son départ: Consolez-vous, mon enfant, je reviendrois occuper ma petite solitude le plutôt que je pourois. Vous exposez votre vie pour moi; mais soyez assuré que de la vie je ne vous oublierai; si malheureusement il m'arrivoit d'être pris, j'ai affaires à des étourdis, vous brûlerez de suite ce que je vous remets. C'étoit un grand paquet de papier qui pouvoit mettre beaucoup de monde en peine. Rien n'a échappé à sa prudence. Il me remit ensuite ses manuscrits qu'il me recommandoit au-delà de toute expression. Malgré tous les orages je les ai conservés avec le plus grand soin. Il y avoit aussi deux mouchoirs, deux ou trois chemises, quelque autre barbouillerie qui se sont pourris en partie dans la terre. Si jamais vos affaires vous appelle au Puy, faites-moi la grâce de m'écrire; je vous ferois un détail plus circonstancié. Je me croirai toujours trop heureuse, Madame, si vous voulez bien avoir la bonté de m'accorder un peu de part dans l'honneur de votre souvenir. Vous m'accuserez, s'il vous plait, la réception de ce que j'ai l'honneur de vous envoyer. Si je peux vous être de quelque utilité relativement à cet objet, je vous prie de me le marquer.

J'ai l'honneur d'être, Madame, etc.   CHABANOLLE.

N° 8. — Vanderbourg à Mme de Surville.

Paris, 20 mai 1802.

Madame, depuis que j'ai reçu votre obligeante lettre du 6 de ce

mois, je l'ai lue et relue, j'y ai réfléchi, je viens de la relire encore ;
elle a levé tous mes scrupules et je ne vois plus rien qui puisse
m'empêcher de répondre à la confiance dont vous m'honorez, en
tenant la promesse que je vous ai faite. Je vois bien que M. de
Surville a pensé que vous pourriez faire part à Mme de Polier des
extraits de Clotilde, probablement afin qu'elle continuât à en faire
usage dans son journal ; mais puisque dans le même tems il s'en re-
mettoit à votre sagesse sur la manière de publier les ouvrages de
son illustre ayeule, il me semble que sa lettre à Mme de Polier ne
peut pas vous gêner dans votre choix. S'il eût persisté dans le plan
dont parle cette dame, de la faire seule éditeur de ces excellentes
poésies, il n'auroit pas manqué de vous en dire un mot, puisque
cet objet lui tenoit si fort à cœur et qu'il a conservé jusqu'au dernier moment tout son sang froid et toute sa tête. Il me semble donc,
je le répète, que ses dernières intentions à l'égard de Mme de Polier
étoient seulement qu'elle profitât de quelques extraits pour son
Journal de Lausanne, qui, comme vous savez, ne paroit plus depuis longtems. Ce qui me confirme dans cette idée, c'est le terme
d'*extraits* dont se sert M. de Surville, et qui me paroit ne pouvoir
pas indiquer les poésies complettes de Clotilde, mais seulement des
extraits de ses mémoires, tels que Mme de Polier en avoit déjà inséré dans son journal. Je ne vous cacherai pas que j'avois, en effet,
conçu quelques soupçons sur la sincérité de cette dame ; mais ils
étoient principalement fondés sur la défiance qu'elle me témoigna à
moi-même, tandis que je lui parlois à cœur ouvert, sur le ton tran-
chant et décisif de son collaborateur, et sur la recommandation expresse que tous deux me firent de garder le plus profond silence
sur les manuscrits de Clotilde, de peur de donner l'éveil à ceux qui
pouvoient en posséder des fragments, tandis que, depuis mon retour
en France, je cherchois à réveiller tous ceux qui pouvoient en avoir
entendu parler, afin de sauver de l'oubli tout ce qu'on pourroit retrouver de ces chefs-d'œuvres (*sic*). Au reste, votre conjecture est
très-fondée ; l'intérêt a la plus grande part au désir que témoigne
Mme de Polier et M. de Brazais, et cet intérêt est bien pardonnable.
Je crois Mme de Polier fort peu à son aise : elle avoit commencé ici
un journal qui a tombé, et je sais qu'elle vient de louer une maison
garnie où elle prend des pensionnaires. Je ne vois pas qu'il soit nécessaire à présent que je me rapproche d'elle. J'en jugerai mieux
après avoir vu les manuscrits que l'on doit vous envoyer. Si ce que

possède Mme de Polier étoit utile pour les completter, pour en faciliter l'intelligence, ou pour s'éclaircir mieux des intentions de M. de Surville, il faudroit y avoir recours, et traiter alors avec elle selon que les circonstances l'exigeroient.

Cette longue discussion m'a empêché, Madame, de vous féliciter plutôt de l'heureux succès de vos recherches. La découverte de ces manuscrits est un bonheur pour la littérature, et j'aime à vous croire bien persuadée que personne n'en jouit plus que moi. Ce premier pas étoit le plus nécessaire, mais il nous restera bien des choses à faire avant de toucher au but. J'ai déjà eu l'honneur de vous faire entendre que les admirateurs les plus enthousiastes des poésies de Clotilde ont des doutes opiniâtres sur leur authenticité. Vous remettra-t-on les originaux, ou seulement des copies de la main de M. de Surville? Dans ce dernier cas, il faudra accumuler le plus de preuves morales que nous pourrons contre ceux qui argumentent de la beauté même de ces poésies pour prouver qu'elles n'ont pas été écrites sous Charles VII et VIII. Il faudra prévenir certains hommes de lettres qui disposent des journaux, tâter le public en insérant dans ces mêmes journaux quelques pièces détachées; enfin, prendre toutes les précautions du même genre qui nous seront prescrites par la singularité du cas. Vous pouvez compter que j'y mettrai tout le zèle dont je suis capable, mais j'avoue que quelques manuscrits de la main même de Clotilde nous seroient d'un grand secours. Ces précautions seront encore nécessaires pour réveiller l'attention des libraires; car plus il y aura de concurrens et plus nous tirerons de l'ouvrage un parti avantageux.

Je m'en remets à vous, Madame, pour la manière dont vous jugerez convenable de me faire passer ce précieux dépôt. Vous pourriez l'envoyer à quelque ami auquel je donnerois un reçu lorsqu'il me le remettroit. Si vous voulez me les envoyer sans intermédiaire, je vais vous donner une adresse plus sûre que la mienne qui est sujette à varier; c'est celle d'une maison de commerce avec laquelle je suis très-lié, et où l'on a beaucoup de probité et très-peu de littérature : *à Madame Fockedey, rue de Cléry, n° 88, à Paris, pour remettre à M. V.*

Mon adresse particulière est à présent rue de Miromesnil, n° 1190, faubourg St-Honoré, à Paris. Vos lettres cependant m'arriveroient toujours en vous servant de ma dernière adresse.

Si ma lettre n'étoit pas déjà si longue, je m'étendrois beaucoup

sur la reconnoissance dont vos bontés et votre confiance me pénè-
trent; je me bornerai à vous dire que je ne négligerai rien pour les
mériter.

J'ai l'honneur d'être, etc.   VANDERBOURG.

P.-S. — Vous trouverez ci-incluse la lettre de Mme de Polier.

N° 9. — Vanderbourg à Mme de Surville.

Paris, 22 juillet 1802.

Je m'empresse de vous annoncer, Madame, la réception du paquet
que vous m'avez fait l'honneur de m'envoyer. Il n'est entre mes
mains que depuis hier, mais il étoit arrivé à Paris la veille. J'y ai
trouvé les trois volumes manuscrits dont vous me parlez et dont le
plus complet m'étoit déjà connu. Je me suis déjà occupé à les parcourir; et je vous avouerai franchement que ce que j'en ai vu n'a
encore servi qu'à redoubler mes doutes. Il est bien singulier que le
poème le plus considérable de la collection soit les *trois* plaids-d'or
dans l'un des volumes, et soit devenu les *cinq* plaids-d'or dans un
autre plus récent. Comment M. de Surville n'a-t-il pas au moins
conservé le manuscrit de Jeanne de Vallon, si les originaux de
Clotilde même n'existoient plus? J'aurois mille autres questions à
vous faire, auxquelles peut-être vous ne seriez pas plus en état de
répondre que moi, et qui toutes révoquent en doute d'une manière
presque irréfutable l'authenticité des manuscrits. D'un autre côté,
on ne sauroit comprendre comment au bout de trois cents ans un
homme auroit pu si bien saisir et peindre les sentimens, les intérêts
d'une femme, d'une mère, d'une Françoise du tems de Charles VII;
comment il se seroit amusé à faire des rondeaux contre Alain
Chartier, et à imaginer tous les personnages dont parle Clotilde. Je
m'y perds, en vérité; ce ne sera qu'après une lecture complette et
réfléchie que je pourrai essayer de former un jugement, qui peut-
être encore se terminera par le doute.

Dans l'unique conférence que j'ai eue avec Mme de Polier et M. de
Brazaire (*sic*), je me rappelle que celui-ci ne craignit pas de dire que
M. de Surville se permettoit souvent des changemens, additions et
corrections aux œuvres de son ayeule. Peut-être alors une partie
des œuvres manuscrites appartient seule à Clotilde, et ce ne sera
pas une tâche aisée que de distinguer le vrai du faux.

J'ai encore trop peu vu, trop peu examiné pour pouvoir traiter plus à fond cette matière. Je dois seulement vous rassurer sur l'article des avances que vous avez cru devoir peut-être être faites par vous pour l'impression. Il n'en sera nullement besoin, et dans ce moment je pourrois presque choisir entre deux libraires qui se chargeront de tout. Je suis sûr au moins d'en avoir un. Croyez, Madame, que je ne négligerai rien pour faire valoir cet ouvrage et pour contribuer à son succès. Je ne dois pas moins à la confiance dont vous avez bien voulu m'honorer. Je vous prie cependant de ne pas vous étonner si le temps nécessaire vous paroît un peu long. Un voyage que je serai bientôt obligé de faire en Flandre ne servira pas à l'abréger; mais rien ne me fera perdre cet objet de vue, comme rien ne pourra diminuer le respectueux attachement avec lequel j'ai l'honneur d'être, Madame, etc.   VANDERBOURG.

(À Madame de Surville, au Pradel, par Villeneuve-de-Berg, département de l'Ardèche.)

N° 10. — Vanderbourg à Mme de Surville.

Paris, 21 août 1802.

Madame, je ne m'excuserai pas d'avoir été si longtems sans vous écrire ; après avoir lu ma lettre, vous verrez aisément qu'il ne m'a pas été possible de le faire plus tôt. J'ai à vous entretenir de deux objets principaux : des manuscrits que vous m'avez fait l'honneur de me confier, et des meilleurs moyens à prendre pour tirer tout le parti possible de leur publication. Permettez, Madame, que je commence par me féliciter de m'être rencontré avec vous dans le jugement que vous portez de ces manuscrits. Le Châtel-d'Amour, *qui n'est point achevé*, et que j'ai lu jusqu'à la dernière ligne, est évidemment d'une main moderne. On y remarque beaucoup d'imagination, beaucoup d'adresse à imiter le vieux langage et quelques morceaux intéressans : mais on y trouve en même tems des traces trop fréquentes de mauvais goût, surtout dans le personnage de la *Mère-aux-Verrues* : le style est tellement mêlé de vers alexandrins qu'on ne sait si l'auteur n'a pas eu l'intention de mettre en vers toute sa prose, de faire un poëme de son roman, et ce défaut est si capital qu'il faudroit en quelque sorte refondre le style pour l'effacer; mais cette peine même seroit inutile : non-seulement le roman n'est point achevé, mais il paroît qu'il n'en est pas à la moitié de son étendue, et rien ne peut faire deviner le plan de l'auteur. D'ailleurs, en publiant ce fragment évidemment moderne, et qui ne pourroit obtenir un grand succès, on rendroit suspects au lecteur la romance et les triolets de Clotilde que l'on dit tirés du Châtel-d'Amour et qui sont d'une touche bien différente.

Quant au second cahier, qui renferme différens morceaux que M. de Surville destinoit, à ce qu'il paroît, à faire le premier volume de son édition, j'avouerai franchement que je voudrois ne l'avoir pas vu. Ce volume n'est propre qu'à détruire toute l'illusion des poésies de Clotilde, qu'à révoquer en doute leur authenticité. J'ai déjà eu l'honneur de vous parler de la confrontation que j'ai faite du conte des *Plaids-d'Or* dans ce volume et dans l'ancien. Il y a quelque chose de pis. La préface de Jeanne de Vallon n'est pas non plus la même dans les deux volumes, à l'article où elle parle des ouvrages de Clotilde qu'elle veut publier. Elle en promet beaucoup plus dans le nouveau volume, et comme Jeanne de Vallon, depuis sa mort, n'a pu faire aucune découverte, une telle différence dans ce qu'on lui fait annoncer répand les doutes les plus fondés sur sa préface, sur son existence et par conséquent sur celle même de Clotilde et sur l'authenticité des manuscrits.

M. de Surville a voulu produire des témoignages en faveur de son ayeule ; mais ces témoignages, par leur nature, prouveroient plutôt contre lui que pour lui. Celui de Jovien Pontanus est en françois ; c'est l'original latin qu'il falloit donner, et M. de Surville n'annonce même pas où il se trouve ; il nous renvoye au Comte Carli, milanais, mais cela n'est point assez ; il faudroit une attestation du Comte lui-même, ou du moins une copie de l'original latin. Il en est de même du témoignage d'Olympia Fulvia Morata. Il devroit être en grec. M. de Surville cite un recueil d'odes grecques imprimées à Augsbourg ; mais il devroit donner le titre de cet ouvrage, s'il vouloit qu'on pût le déterrer ; enfin, la lettre de Voltaire n'est pas copiée en entier dans le volume que j'ai entre les mains, et comme on ne dit pas seulement à qui elle est adressée, ce témoignage incomplet devient aussi suspect que les deux premiers.

La partie la plus intéressante de ce volume seroit l'histoire abrégée de la poésie françoise depuis Héloïse, si l'on pouvoit compter raisonnablement sur son authenticité ; mais cela est bien difficile. Comment croire à cette succession non interrompuë de femmes-poètes pendant plusieurs siècles, sans qu'aucun de leurs

contemporains en ait rien su ? Comment croire que, tandis qu'elles
cultivoient la poésie avec tant de succès et avec des progrès si
marqués, tous les hommes de leur tems fussent livrés au mauvais
goût et à l'ignorance, excepté quelques-uns de leurs amans? M. de
Surville se réclame des mémoires de Clotilde : ils devoient être
volumineux, à en juger par les extraits qu'il nous donne : que sont-
ils devenus ? Comment n'en reste-t-il pas une seule page ? Voilà ce
qu'il est impossible de deviner. M. de Surville, dans son prospectus,
promettoit, il est vrai, de les produire un jour, mais seulement
après la publication de tous les ouvrages de Clotilde, ce qui devoit
durer plusieurs années, et encore fait-il cette promesse en homme
qui ne se croit pas obligé de la tenir. De plus, la liste des ouvrages
de Clotilde que contient ce même volume, est très-nombreuse ; il
y est question d'un poème épique tout entier, dont nous ne trouvons plus une seule ligne, et de ce roman du Châtel-d'Amour que
nous reconnoissons comme apocryphe. Clotilde, qu'il n'avoit an-
noncée dans son ancien manuscrit que comme poète, se trouve
élevée dans le prospectus aux qualités d'historien, de romancier,
de philosophe : en un mot, la Clotilde de 1794 n'est plus celle de
1796 ; elle n'en est que l'embryon, et cependant il est impossible de croire que M. de Surville, pendant ces deux années pas-
sées hors de France, ait pu recouvrer de nouveaux manuscrits. Je
ne vous dirai pas que ces stances de Barbe-de-Verrue qu'il donne
ici comme tirées des manuscrits de Clotilde, il disoit, en 1794, les
avoir prises dans les manuscrits de Saint-Germain-des-Prés, ni
que je possède la copie d'une traduction de Sapho par Clotilde,
qui ne se trouve point dans les manuscrits que j'ai reçus.... ce
sont là des bagatelles : il faut en venir à la conclusion.

Vous l'avez déjà prévue, Madame ; c'est que toute personne un
peu instruite qui ne connoîtroit Clotilde que par ce volume, que
M. de Surville vouloit publier le premier de tous, croiroit toutes
ses œuvres supposées, et le croiroit sur les preuves mêmes que
l'on employe pour en démontrer l'authenticité.

Il nous reste maintenant le dernier volume, ou plutôt le premier,
car il est le plus ancien. Celui-ci donne à notre thèse une couleur
différente. Si la beauté de la versification, l'exacte observation de
nos règles les plus modernes, et certains mots nouvellement inventés font soupçonner à juste titre que les poésies de Clotilde ne
sont pas du règne de Charles VIII, d'un autre côté, la vérité des

sentimens, l'enthousiasme poétique pour des événemens si éloignés de nous, quelques traits qui ne peuvent partir que du cœur d'une femme, les rondeaux contre un poète, mort il y a trois cents ans, combattent puissamment pour l'authenticité des pièces renfermées dans ce volume. La préface de Jeanne de Vallon y est même favorable, pourvu toutefois qu'on ne puisse la comparer à celle de la *seconde édition*. En un mot, qui ne connoît que ce volume peut au moins douter. On peut aussi faire valoir en faveur de Clotilde ce que M. de Surville vous écrivit avant sa mort, l'exemple du duc Charles d'Orléans dont les œuvres restèrent si longtems inconnues, et quelques autres traits répandus dans le volume d'ailleurs si suspect. Mais, si nous ne voulons pas armer l'incrédulité, si nous ne voulons pas qu'on nous démente, il faudra bien se garder de publier ni ce volume ni rien de ce qui existe du Châtel-d'Amour. Cela nous sera facile : la fin tragique et déplorable de M. de Surville ne sera qu'une trop bonne excuse de la perte des manuscrits originaux : nous ne serons tenus de montrer au public que le volume que nous imprimerons, et l'on n'aura pas le droit de nous interroger sur le reste.

Mon plan est donc de ne donner que les poésies de Clotilde contenues dans cet ancien volume qui fait à lui seul un recueil complet; et ce fut sans doute aussi le premier dessein de M. de Surville. J'y ajouterai un discours préliminaire où je défendrai de mon mieux l'authenticité des poésies, où je ferai valoir ce que M. de Surville a dit de meilleur sur ce sujet dans le volume que nous rejetons, et où je raconterai quelque chose de son histoire, de ma correspondance avec vous, Madame, et de la manière dont nous avons recouvré les manuscrits. J'y joindrai les notes nécessaires à l'intelligence du texte, et nous ferons de tout cela un ouvrage qui, j'espère, aura le plus grand débit.

Nous voici arrivés naturellement au second objet de ma lettre, aux moyens de tirer le meilleur parti possible de cette publication.

Nous avons, Madame, deux obstacles à vaincre : deux obstacles qui se fortifient l'un l'autre, mais que nous pourrons peut-être surmonter à la fois.

Madame de Polier est le premier objet de mes craintes. J'ignore quels sont les papiers relatifs aux œuvres de Clotilde qu'elle a entre les mains ; elle peut en avoir beaucoup : n'en possédât-elle qu'un petit nombre, elle pourroit avoir ce qu'il y a de plus intéressant :

peut-être même des choses qui nous manquent ; par exemple, les brouillons de différens morceaux dont M. de Surville n'a copié que le titre ou les premières lignes dans son volume de prospectus. Vous savez que Madame de Polier prétendoit à être l'éditeur des œuvres de Clotilde ; qu'elle vouloit en faire son profit ; vous avez vous-même remarqué que l'air de son bureau sentoit un peu l'amour du lucre. J'ai eu depuis des renseignemens sur cette dame : elle a été plus habile que ses libraires dans l'art de l'intrigue et ce n'est pas dire peu. Dans cet état de choses, comment lui demander les manuscrits qu'elle possède ? Elle les refuseroit en s'autorisant de la lettre de M. de Surville dont vous avez reçu l'extrait. Cela feroit au moins un procès, et dans l'intervalle elle pourroit donner une édition de ces manuscrits qui feroit le plus grand tort à la vôtre. D'après ce qu'on m'a dit de cette dame, croyez qu'il n'y a point d'injustice dans mes soupçons. Mais, me direz-vous peut-être, n'existe-t-il pas des loix contre les contre-facteurs? Sans doute, il en existe ; mais elles sont telles, pour le cas où nous nous trouvons, que ces mêmes loix sont le second objet de mes inquiétudes. Voici le fait. La propriété des ouvrages n'est assurée aux auteurs que pendant leur vie, et dix ans seulement après leur mort. Cette époque passée, leurs ouvrages deviennent une propriété commune et tout le monde est maître de les imprimer. Or, Clotilde étant morte en 1495, la conséquence est facile à tirer, car on n'a point fait d'exception en faveur des ouvrages inédites (sic), et je sais que ce défaut de la loi empêche plusieurs libraires d'acheter des ouvrages excellens qui n'ont point encore paru, parce que, huit jours après leur édition, ils risqueroient d'en voir éclore de contrefaites. Vous voyez donc que non-seulement Madame de Polier pourroit vous prévenir, si elle étoit instruite de notre entreprise et qu'elle possédât assez de manuscrits, mais encore que, votre édition publiée, tous les libraires pourroient en donner des contre-façons. Il est vrai qu'ils ne pourroient se servir ni de ma préface ni de mes notes, mais ils y suppléeroient par d'autres et le public s'en soucieroit très-peu.

Voici le moyen que j'ai à vous proposer pour obvier à ce double inconvénient. Il m'a été suggéré par M. Henrichs, libraire plein de délicatesse, avec lequel j'ai déjà en affaire, et à qui je compte vendre vos manuscrits. C'est tout simplement de présenter au ministre de l'intérieur la pétition dont je vous fais passer le modèle, tendante à vous faire assurer par une décision expresse et formelle la propriété des manuscrits délaissés par feu M. votre mari. M. Henrichs a des protections puissantes et se charge de vous faire obtenir ce que vous demanderez; voilà pourquoi son nom se trouve cité dans la pétition. J'espère même, pour le bien de la littérature, que cette pétition deviendra par la suite l'occasion d'une loi. En attendant, dès que nous aurons la décision du ministre, nous ne craindrons plus rien, ni des contrefacteurs, ni de Madame de Polier. Nous pourrons hardiment lui demander ses manuscrits en votre nom; il est probable qu'elle ne les refusera pas, puisqu'ils ne pourront plus lui être utiles, et, dans le cas le moins favorable, je crois qu'on les obtiendroit d'elle à l'amiable, en faisant un sacrifice très-léger.

Voilà, Madame, le résultat de mes lectures, de mes consultations et de mes démarches. Si vous daignez l'agréer, vous aurez la bonté de transcrire sur papier timbré et de signer la pétition ci-jointe. Vous y suppléerez aussi la date et les noms de M. de Surville que j'ai laissés en blanc. Vous me l'adresserez ensuite, parce que M. Henrichs la fera remettre au ministre par un de ses meilleurs amis, pour qu'elle ne soit pas négligée. Ce ne sera qu'après avoir obtenu le succès de cette demande que je pourrai entrer en marché avec M. Henrichs; le prix des manuscrits dépendant beaucoup de la sûreté de celui qui les imprime contre les contrefacteurs. De mon côté, je commencerai à travailler à mes notes et à ma préface, quand vous aurez agréé mon plan.

J'ai l'honneur d'être, etc.

VANDERBOURG,

Rue de Miromesnil, n° 1190. Faubourg St-Honoré.

N° 10 bis. — Projet de pétition joint à la lettre du 21 août 1802.

Citoyen Ministre, — Feu mon mari, Joseph-Etienne, m'a laissé en mourant des manuscrits qui sont le fruit de ses recherches, qu'il a mis en ordre lui-même après un long et pénible travail et qui contiennent diverses poésies d'une dame de sa famille, morte à la fin du quinzième siècle. L'état de ma fortune me rend très-importante cette propriété. J'ai déjà pris des arrangements avec le cit. Henrichs, libraire, pour la faire valoir. Cependant je suis informée que mon mari a laissé prendre de son vivant des copies d'une partie de ces manuscrits. Afin donc d'éviter les contrefaçons d'un ouvrage dont l'auteur est mort, il y a trois siècles, afin d'empêcher même qu'on ne puisse prévenir la véritable édition par une édition furtive,

J'ai l'honneur de demander à votre justice un acte qui m'assure la propriété de ces manuscrits, et qui défende à tout libraire, ainsi qu'à toute autre personne qui n'auroit pas obtenu mon autorisation, de les faire imprimer et débiter, sous les peines d'usage contre les contrefacteurs.

Salut et respect.   (*Ici la signature.*)

Au Pradel près Villeneuve-de-Berg, ce... (date républicaine).

(*A Madame de Surville au Pradel, près Villeneuve-de-Berg, département de l'Ardèche.*)

N° 11. — Vanderbourg à Mme de Surville.

Paris, 7 octobre 1802.

Le désir que j'avois, Madame, de pouvoir vous mander quelque chose de positif sur l'ouvrage dont nous nous occupons, est la seule cause du retard de cette réponse à votre obligeante lettre du 1er septembre. Je vais vous rendre compte aussi brièvement que possible de tout ce qui s'est passé.

Malgré la répugnance que vous m'aviez témoignée, j'ai été obligé de faire présenter votre pétition : de la manière dont je m'y suis pris, j'étois certain qu'il n'en seroit point fait un mauvais usage, et, par la tournure qu'ont prise les choses, votre nom, Madame, ne sera nullement compromis. M. Henrichs ayant joint une pétition à la vôtre, les remit à un homme de lettres de sa connoissance, qui est employé dans les bureaux du ministre de l'intérieur, avec la copie que je lui donnai moi-même de deux morceaux des moins longs de Clotilde, les *Stances du Châtel-d'amour* et les *Verselets à mon premier-né*. M. Dégérando (c'est le nom du littérateur dont je vous parle), fut enchanté de ces deux pièces, mais il fallut attendre un moment favorable pour présenter le tout au ministre Chaptal; le moment étant enfin arrivé, les pièces lui furent en effet remises; le ministre ordonna qu'on lui fît un rapport, et ce n'est que depuis quelques jours que j'en ai appris le résultat qu'il faut à présent que je vous communique, tel qu'il a été rendu officiellement de la part du ministre à M. Henrichs, par M. Dégérando.

Le rapporteur, dont j'ignore le nom, pense que les poésies de Clotilde ne sont pas du 15me siècle et que M. de Surville en est le véritable auteur; il donne plusieurs raisons (que je crois vous avoir déjà citées), et ajoute que M. de Surville a parlé à plusieurs personnes des poésies de Clotilde comme d'un ouvrage que lui-même avoit fait. Dans un tel état de choses, le rapporteur ajoute que le ministre ne peut point faire une exception à la loi pour une supposition évidemment fausse; qu'il faut publier les poésies comme étant de M. de Surville et qu'il n'y a point alors de contrefaçon à craindre, au moins pour un certain tems; que peut-être on perdra un peu du débit de l'ouvrage, s'il n'est pas publié comme écrit il y a trois cens ans, mais qu'il est si beau par lui-même que de toute manière on peut être assuré du plus grand succès; qu'au reste, le talent de M. de Surville comme auteur de ces poésies est peut-être aussi *merveilleux* que l'eût été celui de Clotilde si elle les eût composées dans le siècle barbare où elle vivoit.

Voilà quelle est, Madame, l'opinion qu'on a présentée au ministre et qu'il a jugé à propos d'adopter. Vous devinez bien qu'elle n'a point fait changer la mienne, puisque j'avois beaucoup plus de données que le rapporteur. La seule chose qui m'ait étonné, ce sont les aveux que l'on met sur le compte de M. de Surville et qui s'accordent si mal avec ce qu'il vous écrivit en mourant. Quoi qu'il en soit, je suis resté ferme dans mon opinion ou plutôt dans mes doutes, mais j'ai été forcé de changer un peu mes idées sur la manière dont il faudra publier ce précieux manuscrit.

En effet, puisque le ministre ne veut point croire à l'authenticité des poésies de Clotilde, ni nous prêter l'assistance dont nous aurions besoin dans cette supposition, il est inutile de soutenir dans le public une opinion qui n'est pour nous-mêmes que douteuse, et ne serviroit qu'à ouvrir une libre carrière aux contrefacteurs. Mais, d'un autre côté, nous ne devons pas mettre ces mêmes poésies sous le nom de M. de Surville, puisque nous sommes bien loin d'avoir la certitude qu'il en soit l'auteur, et que par là nous nuirions probablement beaucoup au premier débit de l'ouvrage. Que faire donc? L'alternative paroît assez embarrassante; mais je crois que, dans ce cas-ci comme dans beaucoup d'autres, le meilleur moyen de nous tirer d'affaire sera d'exposer tout simplement la vérité.

Mon idée est donc de ne pas changer le titre de l'ouvrage et d'y laisser le nom de Clotilde, comme celui d'Anacharsis et d'Anténor au titre des voyages qu'on leur prête : je pourrai seulement y joindre le mien dans la simple qualité d'éditeur. Dans la préface je raconterai ensuite comment j'ai eu connoissance de ces manuscrits et comment vous m'avez fait l'honneur de me les confier; j'exposerai les raisons qui favorisent leur authenticité et celles qui la combattent. Je donnerai mon opinion, savoir, que les poésies sont originales et que M. de Surville n'a fait que les corriger (cette seule supposition suffit pour empêcher les contrefaçons de l'ouvrage), et je laisserai le public dans le doute ou du moins libre de prononcer. A le bien prendre, il est presque indifférent que ce soit telle ou telle opinion qui prévale, tant les poésies de Clotilde ont par elles-mêmes de prix! Le rapporteur avoit raison de dire que M. de Surville les écrivant au xviiie siècle seroit une *merveille* presque aussi grande que Clotilde les composant en 1400. Enfin, comme je viens d'avoir l'honneur de vous l'observer, l'ouvrage annoncé de cette manière et accompagné de mes notes et de ma préface ne craindra plus les contrefacteurs. Tel est le parti que je juge le meilleur à prendre et que je soumets à votre approbation.

Je dois maintenant vous parler, Madame, de mes arrangemens avec le libraire. Je me suis conduit à cet égard comme vous avez bien voulu me le conseiller, c'est-à-dire, comme si cette affaire m'eût été personnelle. A vous dire le vrai, j'eusse été fort embarrassé avec un homme dont la probité m'eût été moins connue que celle de M. Henrichs. L'ouvrage dont il falloit traiter est de tout point si extraordinaire, qu'il est presque impossible d'en calculer le succès, et par conséquent d'en évaluer le prix pécuniaire. En pareil cas, le meilleur moyen est de publier à frais et à profits communs, mais il faut pour cela traiter avec un homme parfaitement honnête, et c'est en quoi nous devons nous trouver très-heureux d'avoir rencontré M. Henrichs. Voici donc ce dont nous sommes convenus ensemble, sauf votre approbation : l'ouvrage sera publié à frais communs; c'est-à-dire, Madame, que vous fournissez le manuscrit et que M. Henrichs sera chargé de tous les autres frais possibles, d'où il suit que, pour votre part, vous n'aurez rien à débourser. L'ouvrage mis en vente, M. Henrichs commencera par se rem-

bourser de ses frais, après quoi tous les profits se partageront entre vous et lui. La vente de cette édition fera connoître le prix de
l'ouvrage, et quand il s'agira d'en faire une seconde, ce qui, j'espère, ne tardera pas beaucoup, vous serez maîtresse ou de vendre
tout à fait le manuscrit que nous pourrons alors évaluer, ou de continuer de la même manière.

Vous voyez qu'une telle façon de traiter est la seule où l'on soit
sûr qu'aucune des parties ne sera lésée; mais vous voyez aussi
qu'elle exige qu'on ait la plus grande confiance dans l'acheteur.
Très-heureusement j'ai cette confiance et je me félicite de pouvoir
employer ce moyen; car, si je désire que cet ouvrage vous soit aussi
profitable qu'il est possible, je serois fâché qu'il pût être onéreux à
M. Henrichs, qui, par ses procédés envers moi, s'est acquis mon
estime et mon amitié.

Si cette lettre n'étoit pas déjà si longue, je m'étendrois à présent,
Madame, sur l'exécution typographique dont nous sommes convenus, M. Henrichs et moi. Ce qui diminue un peu mes regrets, c'est
que peut-être les détails de ce genre vous sont peu connus. Je ne
puis cependant me refuser au plaisir de vous annoncer que nous
prendrons pour modèle le manuscrit même de M. de Surville, et
que nous ferons nos efforts pour que l'imprimé en approche pour
la correction et le goût. Nous placerons les notes comme M. de
Surville vouloit placer les siennes; nous ornerons chaque pièce de
vers d'une vignette et d'un fleuron qui, seulement, seront gravés
en bois et non en taille douce, tant pour ne pas trop augmenter la
dépense que pour rappeler le premier siècle de l'impression où l'on
ne gravoit que de cette manière; enfin, nous imprimerons le titre
de chaque pièce en lettres gothiques pour donner au livre un air
encore plus gaulois. Un artiste distingué s'est déjà chargé des des-
sins, et nous ferons mettre les romances en musique par quelques-
uns des plus habiles compositeurs.

Puissent les soins que je mettrai à faire paroître ces poésies avec
la correction et les ornements dont elles sont dignes, justifier, Madame, l'honorable confiance que vous avez bien voulu m'accorder,
et me mériter, du moins en partie, les éloges trop flatteurs dont
vous me comblez dans votre lettre, et que je n'ai dus jusqu'à présent qu'à votre bienveillance et à mes bonnes intentions.

J'ai l'honneur d'être, etc.   VANDERBOURG.

P.-S. — Daignez excuser le griffonnage de cette lettre : je suis encore une fois dans les embarras d'un déménagement; j'en suis vraiment honteux; mais, pour le coup, je vais décidément me fixer *rue Vivienne, n° 67*; c'est là que je vous prie de vouloir bien m'adresser votre réponse. Je serai très-voisin de M. Henrichs, au lieu que j'en suis à présent à un très-grand quart de lieue.

(*8-port retenu à Saint-Vallier. — Madame de Surville, au Bourg-Saint-Andéol, département de l'Ardèche.*) (L'adresse *du Pradel* a été effacée et remplacée par celle ci-dessus.)

N° 12. — Vanderbourg à Mme de Surville.

Paris, 2 décembre 1802.

Je suis vraiment honteux, Madame, de dater du 2 décembre cette réponse à votre obligeante lettre du 21 octobre. Mes occupations, la vie de Paris que vous connoissez, et surtout votre indulgence, m'excuseront. J'ai véritablement bien peu de tems à moi, et je vous assure que les retards que je suis forcé de mettre à notre correspondance ne sont pas ce qui me fait regretter le moins vivement ce manque de loisirs.

Les affaires de notre Clotilde sont bien peu avancées. On n'a point encore commencé à graver. Mon commentaire ne nous arrêtera pas, et plein comme je le suis de mon sujet, il ne me faudra que huit jours de recueillement pour écrire ma préface, mais je crains que les graveurs ne nous retiennent. M. Henrichs voudroit cependant que l'ouvrage parût au milieu de l'hyver ou du moins avant la saison où les gens riches quittent la ville pour la campagne. Mais si nous ne sommes pas prêts pour cette époque, il veut laisser écouler l'année et attendre à l'hyver prochain pour mettre en vente dans la saison la plus favorable. Je n'ai rien à répondre à cette raison qu'il n'allègue pas seulement pour ses intérêts, mais pour les vôtres. Ce que je puis vous assurer, c'est que je mettrai tout mon zèle à presser le libraire et que j'employerai pour Clotilde tous les momens dont je pourrai disposer.

Mon opinion, Madame, est entièrement conforme à la vôtre à l'égard de ces manuscrits. L'homme qui en a jugé différemment n'en connoissoit que peu de choses et ne parloit que par ouï-dire. J'ai reçu depuis peu d'autres renseignemens par un M. de Fournas qui a servi dans le même régiment que M. de Surville. Il est pour l'authenticité des poésies ; seulement il prétend qu'elles étoient écrites en languedocien, et que M. de Surville les a traduites. M. de Fournas assure qu'il a vu entre ses mains un manuscrit original dont le caractère étoit à peine lisible. Il connoît aussi les poésies de M. de Surville et y reconnoît les mêmes défauts dont vous me parlez ; enfin, il dit qu'on pourroit encore retrouver un voyage à la Nouvelle-Angleterre où M. de Surville a servi, voyage qui contient une description très-belle et très-poétique de la chute du Niagara ; il croit que l'on pourroit s'adresser, pour ce qui existe encore des écrits de M. de Surville, à M. de Charneve son beau-frère ; mais l'adresse qu'il donne prouve que vous avez déjà dû prendre à cet égard tous les renseignements que l'on pouvoit espérer. Je n'ai point su tout cela directement, car M. de Fournas habite la Bretagne : je n'y compte pas plus que je ne dois, mais je recueille précieusement tout ce qui peut éclairer mon opinion et m'aider à fixer celle du public.

Rien à cet égard ne pouvoit me venir plus à propos que la lettre de M. votre beau-frère. Elle m'a fait le plus grand plaisir, et je me félicite presque autant que vous, Madame, de sa rentrée en France et de son heureuse réunion à sa famille. Son témoignage est ici d'un grand poids et j'en ferai l'usage convenable. Si nous pouvions retrouver le feudiste qui fut présent à la découverte des manuscrits, nous serions encore plus forts, ou plutôt nous aurions cause gagnée. Je vais, si vous le permettez, m'adresser à M. de Surville, pour le prier de prendre là-dessus tous les renseignemens possibles. Je laisserai ma lettre ouverte, afin que vous puissiez aussi la lire et faire des recherches de votre côté : rien n'est à négliger dans cette intéressante affaire.

Je compte, Madame, sur la bonté que vous aurez de me faire passer la réponse de Monsieur votre beau-frère, ou plutôt de me répondre en son nom. Quoique très-flatté de la lettre qu'il m'a fait l'honneur de m'écrire et de la correspondance qu'il a bien voulu ouvrir avec moi, je serois désolé qu'elle me fît perdre la vôtre. La confiance que vous ne cessez pas de me témoigner me la rend infiniment précieuse. Je vous prierai seulement de ne point me parler de reconnoissance dans une affaire où je me regarde, quoique dans un autre sens, comme aussi intéressé que vous. Je le

10

suis même davantage, puisqu'elle me fournit l'occasion de vous donner des preuves de la parfaite estime et de l'entier dévouement avec lesquels, etc. VANDERBOURG.

(*A Madame de Surville, au Pradel, par Villeneuve-de-Berg, département de l'Ardèche*).

N° 13. — Vanderbourg à Mme de Surville.

Paris, 30 décembre 1802.

Nous avons enfin pris un parti, Madame, et je crois pouvoir vous annoncer que les poésies de Clotilde paroîtront avant la fin de l'hyver. Cela nous oblige, il est vrai, de renoncer à notre première idée d'embellir cette édition d'un nombre considérable de gravures, mais outre l'empressement naturel que nous avons de faire jouir le public de ces chef-d'œuvres (*sic*), des raisons d'intérêt nous obligent de nous hâter. Si nous attendions l'hyver prochain, il seroit possible que Madame de Polier eût connoissance de notre entreprise et qu'elle cherchât à nous prévenir. Au reste, nous espérons bien nous dédommager de ce sacrifice par une seconde édition que nous ornerons de toute l'élégance et de tous les embellissemens typographiques. Nous ne changerons rien du moins, même dans celle-ci, pour l'impression du commentaire qui sera placé *en regard* du texte, comme M. de Surville le désiroit.

Lorsque le commentaire sera fini, je composerai ma préface. Il sera nécessaire que je dise un mot de M. de Surville et de la découverte des manuscrits. J'ose donc vous prier, Madame, d'écrire ou de faire écrire par Monsieur votre beau-frère une courte notice sur M. de Surville, contenant ses noms, l'année de sa naissance, celle de sa mort, le grade auquel il étoit parvenu dans son régiment, et les autres circonstances remarquables de sa vie. Vous pouvez être sûre que je ne ferai de cette notice que l'usage le plus discret. Je voudrois aussi savoir la date de la découverte des manuscrits de Clotilde, ne fût-ce que par approximation.

Lorsque je vis Madame de Polier et M. de Brasais, ils me parlèrent d'un portrait de Clotilde, que M. de Surville conservoit précieusement : en avez-vous connoissance et savez-vous ce qu'il est devenu? Si on pouvoit le retrouver, nous le ferions graver et placer à la tête du volume.

Il est bien fàcheux que M. votre beau-frère n'ait aucun renseignement à nous donner sur le feudiste : comme il sera question de lui dans ma préface, peut-être que, s'il vit encore, il élèvera lui-même la voix.

Je n'ai pu découvrir ici aucune collection complette du journal de Lausanne : elle n'existe même pas à la bibliothèque du roi. Si vous l'aviez, Madame, et que vous pussiez en disposer, vous m'obligeriez d'adresser tous les volumes où il est question de Clotilde, par la diligence, à M. Henrichs, libraire, rue de la Loi, n° 1231.

J'ai dans ce moment l'espérance de faire imprimer les poésies de Clotilde à l'imprimerie nationale, ce qui seroit un triple avantage : les frais d'impression seroient moins chers, les contrefacteurs moins hardis et les journaux démocrates plus circonspects et moins prompts à dénoncer les allusions du Chant-Royal et de l'Héroïde.

Je m'aperçois, Madame, que je viens d'écrire une lettre d'affaires et que j'en ai pris le style. Vous m'excuserez sans doute, avec votre indulgence ordinaire : je compte aussi sur celle de Monsieur votre beau-frère, à qui je n'ai pas le tems de répondre aujourd'hui.

Veuillez bien l'assurer de ma parfaite estime, et daignez agréer, Madame, l'expression de l'attachement respectueux avec lequel j'ai l'honneur d'être, etc. — VANDERBOURG.

P.-S. — Je désirerois beaucoup recevoir le plus tôt possible la note que j'ai eu l'honneur de vous demander : elle m'est absolument nécessaire pour ma préface.

(*A Madame de Surville, au Pradel, près*
Villeneuve-de-Berg, département de l'Ar-
dèche.)

N° 14. — Vanderbourg à Mme de Surville.

Paris, 4 mars 1803.

Je m'étois flatté, Madame, qu'en vous écrivant à cette époque, je pourrois vous annoncer la publication des poésies de Clotilde et vous en expédier un exemplaire; mais, outre les petits retards inévitables dans toute entreprise de librairie, il est survenu des difficultés que j'avois bien entrevues, mais dont j'avois espéré que nous pourrions nous affranchir. Notre première intention, comme vous savez fort bien, avoit été de nous servir de l'imprimerie nationale. La difficulté, ou plutôt l'impossibilité d'y trouver les caractères que nous souhaitions nous a forcé d'y renoncer. Nous avons eu recours alors à Didot, dont les presses sont si célèbres. Didot s'est prêté à tous nos arrangemens, mais après avoir imprimé l'*Héroïde*, il a conçu des scrupules sur certains passages royalistes, dont on peut faire l'application à ces derniers tems. Le libraire lui a vainement représenté qu'en qualité de simple imprimeur, il n'étoit responsable de rien. Didot a persisté dans son refus d'imprimer, à moins d'y être autorisé par le ministre de l'intérieur. M. Henrichs, qui a beaucoup d'amis auprès du ministre, a cru que l'autorisation seroit obtenue sans difficultés. Il se trompoit; le ministre, après avoir fait examiner l'ouvrage, n'a rien voulu prendre sur lui, et nous travaillons à présent à faire décider la question par Bonaparte lui-même.

Au reste, Madame, ces contrariétés ne doivent vous donner aucune inquiétude. Le pis aller sera de retrancher quelques vers de l'*Héroïde* et de cartonner la feuille où elle est imprimée. Ce qu'il y a de plus fâcheux, c'est le retard de l'impression.

Je m'en console cependant, parce que ce retard me donne plus de loisir pour composer ma préface, chose plus difficile que je ne l'avois cru d'abord. Je marche entre deux écueils, car il seroit également dangereux de rendre mon témoignage suspect au public par trop de persuasion et d'enthousiasme, ou de mettre trop à découvert les raisons que fournissent les manuscrits de M. de Surville contre l'authenticité des originaux. Il faudra balancer les opinions pour et contre avec l'air de l'impartialité, et faire en sorte cependant de rendre la cause de Clotilde victorieuse. C'est de quoi je m'occupe maintenant, et j'aurois même déjà fini, sans une fluxion dans les yeux qui m'a mis quelque tems hors d'état d'écrire.

Pressé par mes autres affaires et par la nécessité de réparer le tems perdu, vous me permettrez, Madame, d'abréger cette lettre et de vous adresser en même tems une courte réponse à celle que M. votre beau-frère m'a écrite de Carpentras. J'ose vous prier aussi de lui communiquer la présente pour me dispenser de lui en répéter les détails.

J'ai l'honneur d'être, etc.   VANDERBOURG.

(*A Madame de Surville, au Pradel, par Villeneuve-de-Berg, département de l'Ardèche.*)

N° 15. — Vanderbourg à Mme de Surville.

Paris, 1er mai 1803.

J'espère, Madame, que cette lettre trouvera M. de Surville auprès de vous, malgré le retard involontaire que j'ai mis à vous répondre. Je ne voulois pas vous écrire avant de pouvoir vous annoncer avec certitude le moment où les poésies de Clotilde pourroient voir le jour, et, quelque habitude que l'on ait des affaires de librairie, il est difficile de calculer tous les délais qu'une publication peut essuyer. Grâce à Dieu, je crois pouvoir enfin regarder nos incertitudes comme finies. Dans huit jours, j'espère, notre volume paroîtra.

Ce n'est pas que notre négociation auprès du premier consul soit terminée. Mme Bonaparte a le manuscrit original entre les mains; c'est elle qui s'est chargée de le produire aux yeux de son mari et d'obtenir sa tolérance pour le royalisme de Clotilde. Des voyages fréquens à la Malmaison et à Saint-Cloud, la grande question de la paix et de la guerre l'auront sans doute empêchée de parler au premier consul de nos intérêts, car nous n'avons point encore de réponse. Pour ne pas perdre un tems précieux, nous n'en avons pas moins continué à imprimer, et nous en sommes à la dernière feuille; les gravures sont prêtes, ainsi que la musique de trois morceaux que nous avons fait composer. Le libraire a fait de fortes avances, il est tems qu'il recueille, et nous ne pouvons plus différer. Si donc, à la fin de la semaine qui commence, nous n'avons pas de réponse du premier consul, nous sommes décidés à sacrifier quelques vers de l'*Héroïde*, trop dangereux parce qu'ils sont prophétiques, et nous mettrons en vente de demain en huit. Le libraire, l'imprimeur et moi avons les raisons les plus fortes de ne pas déplaire au Gouvernement, dans un moment surtout où *la Pitié* vient d'exciter un orage qui pourroit bien tomber, quoique sourdement, sur la tête de l'auteur.

J'ai reçu hier, par la diligence, un portrait qui doit être celui de Clotilde. Vous voyez qu'il arrive trop tard; mais, fût-il venu plutôt, je doute que nous en eussions fait usage. Lorsque Monsieur votre frère me l'annonça, il m'en parla comme de la copie faite, il y a quelques années, d'un original devenu méconnaissable. Je ne sais si l'on m'a envoyé la copie ou l'original, mais je sais qu'on n'y reconnoît rien du génie et du caractère de Clotilde. L'habillement, et surtout la coiffure, sont comme on les portoit il y a trente ans. La tête a de la beauté, mais l'expression en est dure et point du tout spirituelle. Le portrait est mal peint, et comme aucune lettre ne l'accompagnoit, j'aurois douté de ce qu'il devoit être, si je n'y avois remarqué cette malheureuse lentille pour laquelle feu M. de Surville avoit tant de goût. Je ne crois donc pas que ce portrait puisse servir à rien. Je prie cependant M. votre frère de nous faire son histoire, de nous dire si c'est la copie ou l'original, comment l'original est habillé, etc., afin de voir si, pour une seconde édition, on pourroit tirer quelque parti de l'un ou de l'autre.

Puisque vous voulez bien, Madame, me faciliter les moyens de ne pas doubler ma correspondance, je vais consigner ici ce que j'aurois à dire à M. votre frère sur sa lettre du 22 mars. Cette lettre m'a fait grand plaisir en me confirmant ce que j'avois déjà avancé dans ma préface, savoir que les extraits d'après lesquels M. de Surville rédigea son premier manuscrit sont antérieurs à la Révolution. J'ai vu aussi avec satisfaction que M. votre frère regardoit quelques ballades comme suspectes, car j'en avois supprimé une de ma seule autorité. J'ai supprimé aussi trois Rondeaux dont il ne me parle pas, mais je suis sûr que si nous pouvions les lire ensemble, il en jugeroit comme moi. Enfin, parmi les morceaux qu'il attribue à son frère, il cite un *conte* dont je n'ai pas connoissance; il me fera plaisir de me dire ce que c'est. Je pense comme lui sur les *Mémoires*; aussi n'en donnerai-je dans ma préface que le canevas; et je les aurois probablement supprimés si la plus grande partie n'avoit déjà paru dans le *Journal de Lausanne*. Cette publication est très-malheureuse pour nous. L'histoire des femmes poëtes est si romanesque qu'il auroit mieux valu n'en jamais parler. J'espère cependant que vous serez satisfaite du parti que j'en ai tiré dans ma préface, de l'ordre et du jour sous lequel j'ai présenté les faits.

Vers la fin de mon travail, le hasard m'a procuré une découverte assez heureuse : j'ai trouvé des preuves authentiques de l'existence de Justine de Lévis, bisayeule de Clotilde, des preuves que c'est bien elle qui adressa un sonnet à Pétrarque et qui en a reçu à son tour un autre sonnet. Tous deux sont imprimés dans plusieurs ouvrages, quoique M. de Surville n'en cite que les premiers vers, sans dire même où les sonnets entiers se trouvent. J'ai fait usage de ma découverte dans une note qui, j'espère, nous sera d'un grand secours. Que n'ai-je pu en découvrir autant sur Clotilde elle-même !

Vous vous étonnez, Madame, de l'intérêt et de la persévérance que j'ai mis à rechercher et à publier ces poésies. Vous ne vous étonneriez plus si vous pouviez être témoin de l'enthousiasme qu'elles excitent parmi le nombre (assez petit, il est vrai) de gens de goût auxquels je les ai communiquées. Je pourrois vous en nommer quelques-uns qui sont connus par leurs propres ouvrages. Tous, il est vrai, doutent de l'authenticité de ces poésies, mais tous croyent à leur succès. Il n'y a pas jusqu'au vieux prote de l'imprimerie de Didot qui ne soit devenu un ardent admirateur de Clotilde. Si ces poésies ne font pas la plus brillante fortune, je vous assure que je ne serai pas le seul trompé.

J'ai reçu avec la lettre de Monsieur votre frère les fragmens qu'il y avoit joints. Je les avois déjà, avec quelques légères différences. Cependant, s'il lui reste encore des extraits entre les mains, je le prie de m'en donner la notice, afin que, s'il s'y trouve quelque chose de nouveau pour moi, nous puissions en profiter pour l'édition suivante. La première doit donner l'éveil à tous ceux qui ont connu M. de Surville, et j'espère que, s'il reste encore quelque chose de Clotilde qui ne vous ait pas été remis, les dépositaires s'empresseront alors de vous le faire passer.

J'ai encore un mot, Madame, à dire à Monsieur votre frère. J'ai reçu avant-hier la visite d'un de ses anciens amis qui fut mon camarade de collège. M. Frazans, que je n'avois pas vu depuis 1782, est venu me chercher à l'occasion des poésies de Clotilde dont il avoit entendu parler, car leur publication n'est plus un secret. Il m'a prié de le rappeler au souvenir de M. de Surville auquel lui-même veut écrire incessamment. Je lui ai donné votre adresse.

M. Henrichs, votre libraire, m'a aussi demandé, Madame, s'il pouvoit avoir l'honneur de vous écrire, en vous envoyant un bel exemplaire des poésies de Clotilde. J'ai pris sur moi de lui en donner la permission. J'ose croire que vous serez toujours contente de cet homme vraiment honnête dans vos transactions avec lui.

Daignez, Madame, faire agréer à M. de Surville la manière dont je lui réponds, assurez-le de mon inviolable attachement et veuillez bien agréer les respectueux hommages de celui qui a l'honneur d'être, etc.   VANDERBOURG.

(*A Madame de Surville, au Pradel, par*
Villeneuve-de-Berg, département de l'Ar-
dèche.)

N° 16. — Vanderbourg à Mme de Surville.

Paris, 19 mai 1803.

Enfin, Madame, nous sommes à la veille de jouir du fruit de nos soins et de notre persévérance. Tout est imprimé; on s'occupe à présent de brocher et nous pourrons mettre en vente lundi 23 au plus tard. Un nouveau délai de trois ou quatre jours est devenu nécessaire pour avoir le tems de relier un exemplaire que le libraire veut offrir à Mme Bonaparte, dont les bons offices nous dispensent des retranchements que nous avions craints. Vous recevrez, en même tems que cette lettre, et francs de port par la poste, deux exemplaires brochés, l'un pour vous et l'autre pour M. de Surville. M. Henrichs aura l'honneur de vous écrire dès que les premiers jours de la vente et les embarras qui en sont inséparables seront passés. En même temps, il vous fera parvenir pour vous, Madame, un superbe exemplaire sur papier velin élégamment relié. Si vous désirez recevoir quelques exemplaires pour vos amis, ayez la bonté de nous le faire savoir, et ils vous seront expédiés francs de port par la poste.

Lorsque les comptes de vente de cette affaire vous seront présentés, vous y verrez, Madame, que M. Henrichs est obligé de faire présent lui-même d'un certain nombre d'exemplaires des Poésies de Clotilde, tant à ses amis qui nous ont favorisés dans leur publication, qu'aux journalistes qui auront beaucoup d'influence sur le débit. Ce sont des sacrifices indispensables toutes les fois qu'on publie un ouvrage nouveau ; ils sont peut-être un peu plus nombreux pour celui-ci que pour un autre, mais cela tient à la position singulière où nous nous sommes trouvés. Nous avons eu besoin de l'assistance de beaucoup de personnes; et il est important de fermer la bouche aux journalistes républicains pour qu'ils ne sonnent pas l'alarme au sujet des allusions que vous connoissez.

J'ose aussi me flatter que vous ne trouverez pas mauvais que je dispose de quelques exemplaires pour mes propres amis dont le suffrage ne laissera pas de nous être utile.

Le tems ne me permet pas de vous en dire aujourd'hui davantage. M. Henrichs aura l'honneur de vous écrire bientôt plus au long. Pour moi, j'attendrai votre jugement sur mon travail. Je désire vivement qu'il obtienne votre approbation et celle de M. de Surville.

Daignez me rappeler à son souvenir et recevoir les assurances du respectueux attachement avec lequel j'ai l'honneur d'être, etc.

VANDERBOURG.

P. S. — Je venois de plier ma lettre, Madame, lorsque j'ai reçu la vôtre du 12. Je ne puis que vous en accuser la réception, vous remercier des bontés que vous ne cessez pas de me témoigner et vous assurer que la commission de Monsieur votre cousin sera faite dès que j'aurai le plaisir de revoir M. de Frazans.

(*Un timbre illisible. Peut-être Sorbonne.*) *A madame de Surville, au Pradel, par Villeneuve-de-Berg, département de l'Ardèche.*

N° 17. — Vanderbourg à M. de Surville jeune.

Paris, 9 juin 1803.

Je dois commencer, Monsieur, par vous remercier des éloges que vous voulez bien donner à mon travail sur les poésies de Clotilde. Votre suffrage est d'autant plus flatteur pour moi que seul peut-être vous étiez en état d'apprécier les difficultés que j'ai eu à vaincre, difficultés que j'ai simplement indiquées dans ma préface et que je ne ferai jamais connoître au public. Mais je vous dois aussi et je me dois à moi-même quelques éclaircissements sur le reproche que vous me faites d'avoir mis de l'*affectation* à déprécier le mérite littéraire de Monsieur votre frère. Je m'attendois bien à quelques observations de votre part sur ce sujet : je m'y attendois parce que j'avois moi-même éprouvé quelque peine en écrivant certains passages, et aussi parce que j'avois su me transporter dans votre position. Mais je vous avouerai que le mot d'*affectation* dont vous vous servez m'a surpris, et cela parce que j'avois cru que vous sauriez aussi vous mettre pour un moment à ma place.

Vous dites qu'il étoit inutile d'insister autant sur cette preuve de l'authenticité des poésies de Clotilde, parce que le témoignage de Monsieur votre frère, et l'incendie connu de tous vos papiers étoient des preuves suffisantes. Vous avez raison, Monsieur, pour votre pays et encore plus pour vos amis intimes, pour votre famille, pour tous les gens qui, comme M. de Fournas, ont vu les manuscrits originaux ; mais nous avons imprimé pour la France, pour l'Europe entière, et les poésies de Clotilde feront, au premier coup d'œil, autant d'incrédules que d'admirateurs éclairés. Vous-même m'avez informé de ce qu'en pensoit M. de Mestre, et Mme de Surville m'écrit que son mari n'avoit jamais pu ramener à son opinion M. de la Boissière. Il est vrai qu'alors il n'avoit point encore écrit cette lettre dont j'ai donné l'extrait au public et qui forme notre preuve la plus décisive. Mais croyez-vous que tout le monde s'y rendroit si elle étoit seule? Bien loin de là : les incrédules reproduisent maintenant l'histoire d'un jeune anglais nommé *Chatterton* qui, vers la fin du dernier siècle, publia de prétendues poésies en vieil anglois qu'il attribuoit à un moine nommé Rowley. Chatterton avoit poussé la fourberie jusqu'à contrefaire des manuscrits originaux sur du parchemin jauni tout exprès, et il est mort à dix-sept ans dans l'impénitence finale. Le procès n'a été terminé et l'imposture découverte qu'après sa mort. Voilà ce qu'on m'a répondu lorsque j'ai parlé, dans la conversation, de la dernière lettre de M. de Surville. A présent, j'ai la ressource de renvoyer les gens à ma préface, et la consolation d'en avoir déjà converti quelques-uns.

Au reste, Monsieur, vous convenez vous-même qu'il étoit nécessaire de faire sentir le contraste qui existe entre la manière de Clotilde et celle de son héritier. Nous ne sommes en différend que sur le plus ou le moins. Il est tout simple que vous vous montriez plus sensible qu'un autre à tout ce qui peut intéresser la gloire d'un frère. De mon côté, vous me permettrez d'être sensible au reproche que vous m'adressez. Moi! chercher une affectation à déprécier le mérite littéraire de M. de Surville! Et par quel motif? Je viens de parcourir ma préface et les passages où je parle de lui. Ceux de la page x sont tirés de vos lettres et de celles d'un ami de M. de Fournas. La page xxx offre une réflexion sur une citation de quelques lignes qui offre une faute de françois (*des particularités violées*) et un manque de goût (*le bout d'oreille*). Vous pouvez, j'en conviens, me faire des reproches plus graves sur ce que j'ai écrit pag. LXXVIII et suivante, et c'est en effet alors que je n'ai pas été tout-à-fait content de moi. Ce que je puis vous dire c'est que j'étois réellement fatigué de tous les défauts que je critique et que j'avois continuellement sous les yeux, depuis que travaillois (*sic*) sur les matériaux de M. votre frère. Si vous voulez les relire, cela ne vous étonnera pas. L'impatience et l'ennui ont pu m'entraîner un peu trop loin; mais vous me feriez la plus grande injustice si vous pouviez encore attribuer mes critiques à tout autre sentiment. Quoi qu'il en soit, Monsieur, mes torts envers la mémoire de M. de Surville pour-

vont se réparer à une nouvelle édition. L'opinion publique sera
mieux éclairée, lorsque nous pourrons l'entreprendre. La lecture
des poésies aura ramené tous les hommes sensibles ; peut-être au-
rons-nous acquis nous-mêmes de nouvelles preuves ; il sera donc
moins nécessaire d'insister sur celle dont vous blâmez le développement. Ma mauvaise humeur sera passée et je rayerai avec plaisir
de ma préface les passages qui vous ont le plus choqué.

L'espérance que vous me faites concevoir de découvrir encore
quelque chose me cause beaucoup de joie. Je dois vous dire à cette
occasion que, depuis la publication de l'ouvrage, M. de Brazais est
venu deux fois chez M. Henrichs. La seconde fois, il m'y a rencontré. L'intention de M. de Brazais étoit, à ce qu'il paroît, de tirer
parti de quelques morceaux que nous n'avons pas et qui ont paru
dans le *Journal de Lausanne*. Cela se réduit, à ce que je crois, à
certains passages de la Phélypéide, à l'authenticité desquels je ne
crois pas. Je l'ai dit à M. de Brazais, qui m'a cependant engagé à
aller voir Mme de Polier pour en prendre connoissance : je n'en ai
témoigné aucune envie. M. de Brazais a beaucoup insisté, et a même
dit qu'il importoit peu que ces morceaux fussent ou ne fussent pas
authentiques, pourvu qu'ils ne fussent pas sans mérite et qu'on
pourroit toujours s'en servir pour grossir le recueil. La manière
dont je fus accueilli chez Mme de Polier, lorsque j'allai la voir, ne
m'engage point à y retourner. Il est pourtant encore possible que
j'y aille ou que j'y envoye M. Henrichs, comme de votre part, surtout si vous le désirez.

M. de Brazais persiste toujours à dire que l'on doit retrouver
d'autres manuscrits. Il parle d'une malle qui en étoit pleine et dans
laquelle se trouvoit aussi un portrait en miniature de Clotilde de la
plus grande beauté. Selon lui, cette malle a dû parvenir au maître
de poste de Donzère ; elle avoit été confiée pour cet effet à un comte
de Morard, qui doit l'avoir encore entre les mains s'il ne s'est pas
acquitté de sa commission. Je vous communique ces renseignemens
afin que vous en tiriez parti, s'ils peuvent être bons à quelque chose.
Dites-moi, je vous prie, Monsieur, si les copies que vous avez trou-
vées de ce que vous nommez les prétendus mémoires de Clotilde
ne sont autre chose que les extraits d'après lesquels j'ai travaillé et
qui sont divisés en *Berceau de la poésie, Enfance, Puberté de la
poésie*, etc. S'il s'y trouvoit quelque chose de plus, il seroit toujours
bon de me les envoyer ; il seroit bien à désirer d'y retrouver la ci-

tation de la lettre de Pontanus, si toutefois cette lettre est réelle, et si elle a été imprimée. Je dois vous avouer qu'ainsi que vous j'ai peu de foi à tout ce que M. votre frère a pu écrire depuis le Mss d'Argenteau (*sic*). Ma courte conversation avec M. de Brazais m'a prouvé que M. de Surville avoit fait aux manuscrits de votre ayeule encore plus d'altérations que je ne croyois. Des quatre *chants d'amour* il avoit fait des hymnes aux saisons. Dans le dialogue *Qu'est-ce l'amour*, il avoit changé les vers de dix syllabes en alexandrins. On y lisoit celui-ci : *Et Salamandre pâme aux sources de tonnerre.* Je vous laisse à juger combien l'addition de ce mot *pâmer* étoit heureuse.

                                                              Le 10.

J'ai remis hier votre lettre à M. de Frazans. Il avoit acheté un exemplaire en papier commun des poésies de Clotilde ; on lui en donnera un en papier fin de votre part, et il pourra disposer de l'autre. Les ordres sont donnés pour qu'il en soit expédié aux personnes dont Mme de Surville m'a envoyé les noms.

Si vous voulez disposer d'un plus grand nombre d'exemplaires, vous n'avez pas besoin d'attendre. Loin de nuire à la vente, ces exemplaires ainsi distribués la favoriseront en faisant connoître l'ouvrage.

Je vous remercie, Monsieur, de tout ce que vous me dites d'obligeant à cet égard. Les héritiers de M. de Surville sont les seuls propriétaires de ces manuscrits. Mon plus grand mérite est d'avoir assuré cette propriété que nos loix rendoient un peu litigieuse, en associant aux sublimes poésies de Clotilde ma prose très-modeste, mais qu'aucun contre-facteur ne peut me disputer. Si cependant, lorsque nous ferons une seconde édition et que la valeur matérielle de l'ouvrage sera bien connue, M. Henrichs juge à propos de m'offrir une légère indemnité pour mon travail, comme la littérature est aujourd'hui l'une de mes principales ressources, je vous demanderai, ainsi qu'à Mme de Surville, votre agrément pour l'accepter. Je crois pouvoir parler avec cette franchise que m'inspire la haute estime et l'inviolable attachement avec lesquels j'ai l'honneur d'être, Monsieur, votre, etc.   VANDERBOURG.

P.-S. — Je crois bien faire en vous envoyant, Monsieur, l'extrait suivant d'une lettre d'un de mes amis, homme très-instruit : c'est M. Schweighaeuser fils, éditeur du Théophraste stéréotype. Vous y trouverez une objection très-déliée ; quoiqu'elle ne soit pas aussi

solide, il est bon de vous la communiquer, vous me fournirez des
moyens d'y répondre, c'est-à-dire des faits.

« ..... Vous y avez mis (dans la préface) autant de critique et de
« bonne foi qu'il étoit possible. La seule chose qui ne me paroît pas
« bien claire, c'est que d'une part M. de S. dit avoir travaillé sur les
« mss. originaux du xv° siècle, et que de l'autre Mᵐᵉ de Vallon
« (Jeanne) doit avoir corrigé ces poésies. Il n'est pas vraisemblable
« que ce travail se soit fait sur l'autographe même, et s'il y en a eu
« une copie, pourquoi n'en fait-on pas mention ? Pourquoi ne nous
« apprend-on pas comment ces corrections nous arrivent?... Malgré
« ce petit nuage que vous avez laissé sur les intermédiaires, per-
« sonne, je crois, ne doutera de l'authenticité du fond.... »

Nº 18. — Vanderbourg à Mᵐᵉ de Surville.

Paris, 10 juin 1803.

Pour cette fois, Madame, ma première lettre a été pour M. de
Surville. J'ai d'abord voulu me débarrasser du petit chagrin qu'il
m'avoit causé, moins par ses reproches que par certaines expressions. Entre honnêtes gens qui s'estiment, il ne faut rien garder
sur le cœur. Je dois maintenant vous remercier aussi de l'approbation que vous voulez bien accorder à mon travail et à celui du libraire. Cette approbation n'a pas été le moindre objet de nos efforts
et nous avons songé plus d'une fois à la satisfaction qu'éprouveroit
Madame de Surville à l'aspect du joli volume que nous lui prépa-
rions. Votre bel exemplaire est parti par la diligence, accompagné
d'un autre pour remplacer celui dont vous avez disposé. M. Henrichs a dû vous écrire hier par la poste.

Jusqu'à présent les poésies de Clotilde n'ont pas encore fait ce
qu'on appelle ici leur *explosion* : cela vient de ce que les journaux
les plus en vogue, tels que le *Moniteur*, le *Journal des Débats*, celui
de *Paris*, le *Publiciste*, n'en ont pas encore parlé : nous sommes
sûrs cependant que leurs articles seront favorables et nous les at-
tendons impatiemment. M. de Frazans nous a procuré un article de
Michaud dans le *Mercure* qui a déjà fait beaucoup de bien en ce
qu'il a contribué à convertir certaines gens qui par préventions d'incrédulité se seroient peut-être refusé à lire ma préface. De ce
nombre est le savant M. de Sainte-Croix, chez qui j'avois lu il y a

deux ans ce que je possédois alors de Clotilde, et chez qui je trouvai M. de Cambis. *La Clef du cabinet* a parlé aussi très-avantageusement de notre Sapho. *Le Courrier des spectacles* a fait son éloge, mais l'auteur de l'article a eu la maladresse d'exprimer le désir qu'une *Muse moderne* voulût bien rajeunir le style et les grâces de Clotilde !... Un tel manque de goût discréditera beaucoup son témoignage qui, d'ailleurs, n'a pas trop de poids. *Le Citoyen François* dont nous avions tout à craindre pour les allusions a fait un article très-raisonnable, aussi raisonnable qu'il pouvoit l'écrire sans perdre son titre de citoyen... Mais, je le répète, toutes ces autorités, excepté celle du *Mercure*, ne sont pas encore d'un grand crédit. Malgré ces retards, dont nous devons surtout accuser les circonstances politiques où nous sommes, l'ouvrage se vend fort bien. Tous les jours il s'en débite quelques exemplaires chez M. Henrichs; mais les libraires de la province et de l'étranger n'ont fait encore que peu de demandes, parce qu'ils attendent l'opinion des journaux.

Il y a un libraire de Paris qui, peut-être, auroit acheté de bon cœur l'édition entière. C'est un M. R....., avec qui je me suis trouvé en liaison lorsqu'il a imprimé ma traduction du *Laocoon de Lessing*. Je le connoissois avant M. Henrichs et je lui avois parlé des poésies de Clotilde. J'ai préféré ce dernier pour en être l'éditeur, parce que M. R.... est très-avare, quoique aussi honnête homme qu'il est possible de l'être avec un pareil défaut. Dans ses transactions avec moi, il m'a donné plus d'une preuve de sa ladrerie. Il n'en a pas moins été piqué d'apprendre que j'avois confié à un autre la publication des poésies de Clotilde. Mais chez les hommes de son espèce, l'intérêt passe avant tout. Quoique piqué, quoique très-fier, parce qu'il est riche, il a fait les avances auprès de M. Henrichs; il a déjà pris cinquante exemplaires de Clotilde et il propose d'être de moitié dans la petite édition que nous espérons faire bientôt. M. Henrichs s'y prêtera, je crois, volontiers, si vous et M. de Surville le trouvez bon, parce que R... est très-connu en librairie pour les petites éditions des auteurs classiques, qu'il en fait une collection très-recherchée, et que nous procurerions ainsi à Clotilde l'avantage de se débiter comme faisant partie de cette collection. Les auteurs qui la composent déjà sont Bossuet, Massillon, Fléchier, Fénélon, Gresset, Bernis, Bernard, Chaulieu et tous les stéréotypes. Au reste, Madame, je serai toujours là : je

connois assez bien R... pour protéger vos intérêts contre les ruses
de son avarice, et je serai secondé par la manière franche et loyale
de M. Henrichs. Je ne saurois trop me louer des procédés de ce
libraire. Il n'a point oublié qu'il a été dix ans officier dans l'armée
angloise. Puisque les détails typographiques vous intéressent, je
vous communiquerai nos idées sur la petite édition. Elle formeroit
deux petits volumes in-18 et in-12. Nous supprimerions toutes
les notes qui n'expliquent que des mots; nous renverrions celles
qui sont essentielles au bas des pages, et nous remplacerions les
autres par un petit vocabulaire du vieux françois. Le premier volume ne pourroit guères contenir que la préface et les poésies qui
sont à la fin. On y joindroit seulement les rondeaux contre Alain
Chartier, le dialogue entre Apollon et Clotilde, et les morceaux
cités dans la préface, à l'exception de l'Héroïde, afin que ce premier
volume ne fût pas trop prosaïque et trop petit; tout le reste des
poésies formeroit le second volume. Nous mettrions probablement
une jolie gravure à chacun.

Notre projet seroit de mettre cette petite édition sous presse dès
que les mille exemplaires papier commun de l'édition actuelle seront écoulés, et ceux qui voudront avoir l'ouvrage in-8° seront
forcés d'acheter le papier fin, et la petite édition, qui sera très-
bon marché, ira au devant des contrefacteurs.

Mille pardons de ces détails, Madame, et mille grâces de ceux
que vous me donnez sur Olivier de Serres. Je n'en saurois trop
avoir sur tout ce qui peut servir à prouver l'authenticité des poésies de Clotilde. J'en ferai bon usage dans un *avertissement sur la
seconde édition*.

Madame Bonaparte a reçu son exemplaire des mains du général
Mathieu Dumas, qui m'a fait passer les remerciments les plus obli-
geans de cette Dame, dans une lettre que je conserve pour les
raisons que vous savez. Je crois cependant que nous n'avons plus
rien à craindre. Le grand juge a fait acheter treize exemplaires de
Clotilde, dont quatre en papier vélin, pour les distribuer à des
amis. Tous les jours ma préface convertit quelque incrédule, mais
il en est que rien ne ramènera, et de ce nombre sont deux acadé-
miciens avec qui je suis pourtant très-lié, M. Suard et l'abbé Morellet; tous deux sont plus que septuagénaires. Les preuves tirées
du sentiment n'ont pas grand pouvoir sur eux. Nous pouvons
compter du moins sur leur silence. Je crois que la *Décade* seule

nous attaquera; et peut-être n'y aura-t-il pas de mal. l'ouvrage acquerra plus de célébrité, s'il devient l'objet d'une querelle littéraire.

Permettez, Madame, que je vous renvoye à la lettre que je viens d'écrire à M. de Surville, pour tous les points que je n'ai pas traités dans celle-ci et que je le renvoye de même à la vôtre. C'eût été se rendre importun que d'adresser un si long griffonnage à la même personne. J'éprouve d'ailleurs beaucoup de plaisir à alimenter ainsi cette double correspondance et à vous renouveler directement les assurances de l'attachement respectueux avec lequel j'ai l'honneur d'être, etc. — VANDERBOURG, rue Vivienne, n° 67.

P.-S. — J'attends impatiemment le jugement que portera M. de la Boissière; ses liaisons avec M. de Surville le rendent encore plus important.

N° 19. — Librairie de Henrichs,

(Ancienne librairie de Du Pont, de Nemours),
Rue de la Loi, n° 1231.

Paris, 21 prairial an XI.

MADAME DE SURVILLE,

J'ai eu l'honneur, Madame, de vous envoyer par la diligence d'hier un exemplaire relié de l'ouvrage dont vous avez bien voulu me faire l'éditeur. Rien ne pouvoit être plus flatteur pour moi que la proposition de joindre mon nom à celui de l'estimable M. Vanderbourg, en mettant sous les yeux du public un monument si précieux de votre famille. L'entreprise aura sans doute le meilleur succès, en en jugeant d'après le premier accueil. Plusieurs journalistes en ont déjà fait le plus brillant éloge. La préface, aussi adroite que savante, de M. Vanderbourg ne leur laisse aucun doute quant à l'authenticité de l'ouvrage. Cependant la vente n'en sera pas rapide au commencement. La renommée en doit être généralement répandue; les incrédules, qui se trouvent en assez grand nombre parmi les gens de lettres, doivent d'abord être convertis, comme il y en a déjà plusieurs, et je suis sûr que nous ne nous arrêterons pas à cette édition. Au reste, rien n'a été épargné pour donner à cet ouvrage toute célébrité possible, et j'ose me flatter, Madame, que vous êtes contente de son extérieur. Non-seulement l'ouvrage par lui-même étoit digne de ce luxe, mais je crois qu'il étoit nécessaire pour assurer son débit.

Permettez-moi, Madame, de vous témoigner en même temps ma reconnoissance de votre confiance en me chargeant de vos intérêts, et soyez persuadée que je saurai toujours apprécier les rapports que M. Vanderbourg a bien voulu établir entre vous et votre très-humble serviteur, HENRICHS.

N° 19 *bis*.

(Extrait annexé à la lettre du libraire Heinrichs.)

Une muse moderne auroit-elle pris cette forme ancienne et ce nom peu connu ? La coupe régulière des vers, les rimes alternées, la finesse et le goût exquis des pensées, qu'un vieil idiome ne défigure jamais et rend toujours plus piquantes et plus originales, tout cela menaceroit de reléguer Clotilde - Vallon - Surville dans la région des chimères, et nous en serions consolés par l'idée de compter un charmant poète de plus au nombre des auteurs vivans, si nous ne nous sentions pas obligés de céder aux preuves accumulées dans le discours préliminaire par le modeste éditeur M. Vanderbourg.

(Bulletin de la littérature, par Lucet, n° 9, 19 prairial an XI.)

N° 20. — Henrichs à Madame de Surville.

Paris, 22 messidor an XI.

Agréez, Madame, les expressions de la plus grande reconnoissance pour votre aimable lettre du 19 juin, qui me fait connoître des sentimens tellement flatteurs que je crains de ne jamais les mériter. Je n'aurois pas manqué de vous répondre sans délai, si la commission dont vous avez bien voulu me charger auprès de M. Vanderbourg avoit pu être déterminée sur-le-champ. En voici enfin le résultat :

En lui communiquant votre désir de se regarder comme co-propriétaire des poésies de votre illustre ayeule, il fut d'autant plus pénétré d'une offre aussi généreuse qu'il n'avoit certainement pas pensé à tirer jamais d'autre bénéfice de son travail que la satisfaction d'avoir contribué à faire parvenir à la postérité ce chef-d'œuvre de littérature. Mais son refus d'accepter cette offre fut aussi

11

déterminé qu'elle étoit sincère de votre part en la faisant. Dans cette lutte de délicatesse de deux côtés, où je paroissois comme médiateur, je crus donc ne pouvoir mieux faire que de vous proposer un autre projet, celui d'accorder à M. Vanderbourg la propriété d'une petite édition. Je suis enfin parvenu à lui faire consentir à cette proposition, et il ne me reste plus qu'à vous demander votre approbation pour l'exécuter aussitôt que je vois que la grande édition, dont le profit reste à vous seule, n'en souffre point.

La vente de celle-ci n'est pas rapide, quoique le débit en soit sûr. Si elle avoit paru cet hiver, avant que tout le monde partît pour la campagne et que la nouvelle guerre éloignât les étrangers de Paris, en interrompant en même tems toute communication par mer, je suis persuadé qu'il ne m'en resteroit plus un seul exemplaire. Au reste, ceux qui ont lu cet ouvrage étonnant en sont ravis, et les journalistes continuent à en faire les plus beaux éloges, excepté le *Journal de Paris*, dont heureusement la critique est si bête qu'elle ne mérite pas d'attention.

J'ai l'honneur de vous envoyer par le courrier d'aujourd'hui l'exemplaire que vous m'avez demandé du *Laocoon*, en y ajoutant un voyage en Italie, arrangé par M. Vanderbourg, d'après l'original allemand d'un de mes amis.

Je joins ici un bordereau de la diligence qui constate que l'exemplaire relié des poésies de *Clotilde* a été expédié le 20 prairial. Veuillez, Madame, faire les réclamations nécessaires. La perte de cet exemplaire seroit presque irréparable, étant des feuilles choisies. Cependant, si le paquet ne se retrouve pas, ou s'il vous parvient enfin gâté, je vous prie, Madame, de m'en faire part et de me donner par-là une occasion, en vous envoyant un autre exemplaire, quoique moins parfait, de vous témoigner de nouveau mes hommages respectueux et reconnaissans.

J'ai l'honneur d'être, etc. — HEINRICHS.

N° 21. — Vanderbourg à Mme de Surville.

Paris, 16 juillet 1803.

Déjà, Madame, vous devez avoir appris par une lettre de M. Henrichs que je me suis laissé vaincre par vos offres généreuses, non pas que je prétende me substituer pour l'avenir à vos droits sur la propriété des poésies de Clotilde, mais j'ai accepté la proposition de notre estimable libraire d'une petite édition a mon profit. Ce sera maintenant à moi à vous parler de reconnoissance et j'espère que vous voudrez bien en agréer les expressions. Ce qui me charme dans toute cette affaire, c'est qu'il y a régné une entière confiance de tous les côtés, chose qui n'est malheureusement que trop rare entre les libraires et les littérateurs. Mais c'étoit uniquement ainsi qu'il falloit traiter pour ces intéressantes poésies qui nous retracent si bien la bonne franchise et la loyauté chevaleresque de nos ayeux. Ce qui me charme encore, Madame, c'est que Clotilde ait été pour moi l'occasion d'une correspondance dont chacune de vos lettres me fait mieux sentir le prix.

Je trouve tout naturel que vous vous étonniez des précautions que nous sommes obligés de prendre, pour conserver à Clotilde la gloire qui lui est due. Vous ne connoissez pas le terrain sur lequel nous marchons. Si vous voulez vous en faire une idée, je vous dirai d'abord que, huit jours après la publication de l'ouvrage, j'ai eu l'honneur d'être associé à la société des *Gobe-mouches*, ainsi que M. Henrichs : le brevet ne dit pas si c'est en qualité de donneurs ou de gobeurs de bourdes, mais il est d'ailleurs fort plaisant et j'en rirois de bon cœur avec vous, Madame, si les circonstances nous rapprochoient. Je vous prierai ensuite de lire dans la *Bibliothèque françoise* l'annonce des poésies de Clotilde par M. de Ségur, ex-ambassadeur, conseiller d'Etat et membre de l'Institut. Cet article est écrit avec beaucoup d'esprit, et même avec trop d'esprit ; on y reconnoît le ton de la bonne compagnie ; mais vous y verrez aussi qu'en faisant le plus grand éloge de notre recueil, M. de Ségur le regarde comme très-moderne, qu'il me fait l'honneur de me soupçonner d'y avoir part, et qu'en habillant à l'antique des vers du cardinal de Bernis, il cherche à montrer comment on a pu donner le même costume aux poésies de Clotilde. J'ajouterai que, d'après cet échantillon de son talent, on rencontre déjà des personnes qui font honneur à M. de Ségur lui-même des poésies qu'il annonce et qui voyent en lui le véritable Des Forges-Maillard.

Mais ce que vous ne pouvez pas vous dispenser de lire, ce sont deux articles du *Journal de Paris* signés *Indagator*, mais avoués par le tribun Carrion-Nizas. Ils n'ont pas le sens commun, je l'avoue : toutes les objections nouvelles qu'on y trouve sont fondées sur des allégations absolument fausses ; l'auteur fait des rapprochemens absurdes; il tombe dans des contradictions impardonnables. Son style a toute l'impertinence de la littérature révolutionnaire; il cite le passage de M. de Surville inséré dans ma préface, et au lieu d'en conclure qu'un poète qui avoit de tels défauts ne peut être l'auteur d'un recueil qui a les qualités contraires, il en conclud (*sic*) qu'il est auteur de ce même recueil et qu'il la (*sic*) formé comme un ouvrage de marqueterie en pillant des vers de tous les côtés... tout cela, dis-je, est bien absurde, mais cela fait voir combien la défiance et l'incrédulité sont éveillées, combien mes précautions étoient nécessaires, et même qu'elles ne suffisoient pas. Je ne répondrai point *exprès* à ce tribun ridicule. Son article se réfute de lui-même aux yeux de tout homme de sens. Mais la Décade doit, dit-on, attaquer Clotilde par des objections plus solides; s'il y a lieu à lui répondre, je vous promets, Madame, que le docteur Indagator aura son coup de fouet en passant.

Au reste, il ne faut point s'étonner que nous trouvions beaucoup d'incrédules. Il y a beaucoup de littérateurs qui ressemblent à M. de la Boissière et qui ne savent prononcer sur la date des poésies de Clotilde qu'en la comparant à ses contemporains. Vous savez, Madame, que cette comparaison ne lui est que trop favorable. Un prodige est toujours difficile à admettre; on aime mieux expliquer la chose qui nous étonne par un prodige de notre propre invention, comme l'a fait Carrion-Nizas dans son absurde hypothèse. Je souhaite et j'espère cependant que nos autres adversaires ne trouveront pas de meilleures objections. Nous devrons nous estimer heureux de réfuter toutes celles qui tendroient à détruire l'authenticité des poésies de Clotilde, car, à dire vrai, nous n'avons que cette seule manière de l'établir.

J'attendrai, Madame, avec impatience la requête que vous voulez me présenter en faveur de l'ignorance. Je prétends, ainsi que vous, que Clotilde soit à la portée de tous les lecteurs. Je crois cependant que mes notes suffisent. Votre idée est peut-être seulement de ne pas les supprimer dans la petite édition. C'est aussi l'avis du libraire, et dans ce cas votre requête se trouveroit appointée, sans que vous eussiez la peine de la présenter.

Je ne vous dis point que j'ai partagé vos inquiétudes sur le retard du bel exemplaire que vous avez enfin reçu. Nous ne nous serions pas consolés de sa perte. Celui que vous avez demandé pour M.

l'abbé de Chabert a été expédié par la poste. C'est la voie la moins dispendieuse pour tout livre qui n'est que broché.

Bien loin d'agréer vos excuses sur cet objet, je vous prie, Madame, de me charger de toutes les commissions que vous pourrez avoir en cette ville. Vous être bon à quelque chose sera toujours un grand plaisir pour moi. Daignez en être bien persuadée, ainsi que du respectueux attachement avec lequel j'ai l'honneur d'être, Madame, votre, etc.   VANDERBOURG.

P.-S. Ayez la bonté de faire parvenir l'incluse à M. de Surville, après en avoir pris lecture, si elle peut vous intéresser. Je vous renvoye le billet de M. La Jodun (?) (*mot barbouillé avec intention.*)

No 27. — Vanderbourg à Mme de Surville.

Paris, 9 août 1803.

En vérité, Madame, vous êtes mille fois trop bonne et trop généreuse: la part que j'accepte dans le produit des poésies de Clotilde est encore au-dessus de ce que la justice me départiroit. Elle n'auroit égard qu'à mon travail réel, et qu'est-ce que ce travail comparé aux chants de notre vertueuse Sapho? Moins que rien, je vous assure. Je sais bien qu'on peut envisager la chose sous un autre point de vue, en considérant l'influence que ma préface peut avoir eue sur le débit : mais ce point de vue, absolument mercantile, ne peut pas vous convenir non plus qu'à moi. Le moyen terme imaginé par M. Henrichs me paroît concilier, autant qu'il se peut, ces différentes manières de voir. Veuillez donc bien en être satisfaite, comme je le suis moi-même de la part que cette conciliation va m'adjuger. Entre nous soit dit, Madame, je crains même qu'elle ne soit trop grande; mais, dans ce cas, je trouverai bien le moyen de faire rentrer la justice dans ses droits.

Nous allons nous occuper incessamment de la petite édition. Le libraire R... y participera, mais seulement en qualité de commissionnaire, et nous n'aurons à compter qu'avec M. Henrichs.

Cette petite édition ne formera qu'un volume in-18 et in-12, car nous tirerons sous ces deux formats. J'ai déjà revu ma préface et adouci, autant qu'il m'a été possible, les passages dont M. de Surville avoit été blessé. Il ne rendra plus *nominativement* témoignage des défauts poétiques de son frère. Le volume sera très-

bon marché pour être à portée de tout le monde. Je n'y ferai d'ailleurs aucun changement sensible, d'abord parce qu'il n'en a pas
besoin, ensuite parce qu'il ne faut pas nuire au débit de la grande
édition en donnant à penser au public que la seconde seroit meilleure. Par cette raison, je n'y coudrai point une seconde préface.
Il faut que le public puisse penser en quelque sorte que les deux
éditions ont été faites en même tems.

Cette raison, comme vous le voyez, Madame, m'empêcheroit déjà
de me rendre au désir des personnes qui ne trouvent pas mon commentaire suffisant, mais j'en ai d'autres encore qui combattent
pour la même cause. Je me suis bien douté de ce qui arriveroit à
mon commentaire. Les personnes peu lettrées devoient le trouver
incomplet, les autres devoient m'accuser du contraire. Aussi m'a-
t-on déjà dit plus d'une fois que les deux tiers de mes notes étoient
inutiles. J'en ai touché quelque chose dans ma préface. Mais lorsqu'on est obligé de prendre un milieu entre deux partis, on est
assez sujet à mécontenter l'un et l'autre. Le meilleur moyen eût
été de faire deux éditions différentes, l'une presque sans notes,
l'autre avec la traduction presque complette que vous demandez.
Vous sentez vous-même que de tels frais étoient impossibles pour
un ouvrage encore inconnu. Aujourd'hui même, malgré les brillans
éloges qu'il a reçu *(sic)* de tous côtés, quoique l'édition soit à peu
près à moitié vendue, nous ne pouvons songer encore à en faire
un livre classique. Dans quelques années, cela sera peut-être permis. En attendant, il faut que les amis de Clotilde, qui ne l'entendent pas encore parfaitement, se donnent la peine de l'étudier et
de la comprendre. Le fruit de ce travail, assez léger, les récom-
pensera avec usure. Et les secours ne sauroient manquer aux dames
pour cette légère étude. Quel est l'amant, le mari, le père qui ne
se prètera point avec plaisir à commenter Clotilde avec son amie ?

Le *Journal des Débats* n'est pas le seul qui nous ait vengés des
impertinences du *Journal de Paris* et des lourds raisonnements
qui parurent quelques jours après dans la *Décade*. Le *Moniteur* a
consacré à Clotilde deux articles d'éloges, et a confirmé mon opinion en comparant son recueil à un excellent tableau original retouché par des mains habiles. Je me prépare cependant, Madame,
à répondre à nos adversaires. J'y suis obligé, parce que la *Décade*
a fait des raisonnements tant bons que mauvais, et parce que beaucoup de jeunes gens croyent sur la foi du *Journal de Paris* que

Ronsard est le premier qui a introduit les diminutifs dans nôtre langue. Cette platitude se répète dans les salons, et beaucoup d'honnêtes gens ne savent que répondre. Il faut bien démontrer le contraire avec les pièces en main. Le *Moniteur* m'accordera pour cela deux longs articles et j'en profiterai dès que j'aurai reçu de M. de Fournas la permission de le nommer.

Vous ne vous douteriez peut-être pas, Madame, que le critique de la *Décade* a eu l'impertinence de me demander pourquoi je n'avois donné que la première lettre de son nom? Rien n'est plus vrai pourtant, et je me trouve ainsi réduit à demander le témoignage presque juridique de tous ceux qui ont eu connoissance des manuscrits originaux.

Les recherches que cette petite guerre de plume m'oblige de faire ne sont pas sans intérêt pour moi. Peut-être me conduiront-elles à écrire une brochure sur notre ancienne poésie, et c'est à Clotilde et à vous que je le devrai.

Je m'oublie en causant avec vous, Madame, et j'arrive sans le savoir au bout de mon papier. Je ne vous demande point pardon de ce long bavardage. La confiance que vous me témoignez me fait croire que je n'en aurai pas besoin.

J'ai parlé à M. Henrichs du service que vous désirez que l'on vous rende, et dont la nature indique si bien la bonté de votre cœur. M. Henrichs est, en effet, en correspondance avec Leipzig, avec le Hanovre et d'autres parties de l'Allemagne. Il croit que les renseignemens que vous demandez seront faciles à prendre ; il s'en occupera dès que vous en aurez fourni les moyens.

Les ordres ont été donnés pour l'exemplaire de Clotilde que vous destinez à M. Régis-Mezenge. Cet exemplaire doit avoir été mis à la poste aujourd'hui.

Recevez, Madame, l'assurance de mon respectueux attachement et de mon vif désir d'être un jour en état de vous en donner des preuves. — VANDERBOURG.

Mille complimens, je vous prie, à M. de Surville.

N° 23. — Vanderbourg à Mme de Surville.

Paris, 10 avril 1804.

Comment pourrai-je m'excuser, Madame, de n'avoir pas répondu plutôt à votre lettre du 4 janvier? Je viens de la relire, cette lettre, et je sens combien je suis coupable : en vérité, j'aurai besoin de toute votre indulgence, même après vous avoir exposé les raisons d'un silence dont je me veux moi-même tant de mal.

Depuis le commencement de l'année, il paroît ici un nouveau journal sous le titre d'*Archives littéraires de l'Europe*. M. Henrichs en étant l'éditeur, je me laissai engager d'abord à y fournir quelques articles, puis à prendre part à la rédaction; puis enfin il s'est trouvé que mon collègue ne faisant presque rien, je me suis vu obligé de tout faire. Je fournis des articles pour le corps de l'ouvrage et je fais presque seul la *Gazette littéraire* qui y est jointe, et dans laquelle nous donnons des nouvelles littéraires de toute l'Europe. Vous devinez bien, Madame, qu'un tel travail me prend tout mon tems, et si vous pouviez me voir, surtout dans les derniers jours du mois, entouré de journaux et de livres étrangers, et de feuilles d'imprimerie, vous seriez plutôt portée à me plaindre qu'à me gronder.

Si quelque chose pouvoit me dédommager de ce travail assez ingrat et qui me prive presque entièrement du plaisir de correspondre avec mes amis, ce seroit le succès de l'ouvrage. Le cahier du mois de mars ne vient que de paroître et nous avons déjà près de 500 abonnés.

C'est un succès très-brillant, surtout dans les circonstances où nous sommes. Si vous désirez connoître nos *Archives*, M. Henrichs se fera sûrement un plaisir de vous les envoyer.

Malgré ces occupations et les circonstances, je n'aurois pas autant tardé, Madame, à vous donner de mes nouvelles, si je n'avois voulu vous en donner en même tems des affaires de Clotilde. Elles ont été retardées par les mêmes raisons; de plus, M. Henrichs part demain pour la foire de Leipzick; son absence ne sera que d'un mois, mais il n'en a pas moins été obligé de prendre beaucoup d'arrangemens avant son départ, et les affaires se nuisent réciproquement, lorsqu'elles sont trop multipliées. Il m'a remis ce matin le compte de tous les frais qu'a coûtés l'édition des poésies de Clotilde, y compris les gravures, la musique, la reliure de quelques exemplaires dont on a fait des présens, etc. La somme totale est de 3,994 fr. 10 s. Je vous enverrai cet état pour M. de Surville dès que vous le demanderez. M. Henrichs n'a pas encore pu me fournir l'état de la vente; il s'en faut de beaucoup d'ailleurs que tous les fonds soient rentrés, parce que les crédits sont assez longs entre libraires. Ce qui est vendu fera plus que couvrir les frais. L'édition entière devroit être épuisée, mais les circonstances ne nous ont pas favorisés. Vous savez déjà que les scrupules de Didot ayant retardé l'impression, la guerre éclata au moment où l'on mettoit l'ouvrage en vente, ce qui vous priva de tout débit en Angleterre et le ralentit beaucoup dans ce pays-ci. Depuis, toute espèce de commerce a été en souffrance, et le mal a toujours été en croissant. A notre grand étonnement, nous avons peu vendu pour l'Allemagne et pour le Nord. Nous savons maintenant pourquoi : le libraire Fauche a contrefait l'ouvrage à Brunswick. M. Henrichs, pour étouffer, s'il est possible, cette contrefaction et pour accélérer la vente de ce qui lui reste, a donc pris le parti d'envoyer à Leipzick quelques centaines d'exemplaires qu'il va vendre lui-même sur les lieux. Il résulte de tout cela qu'il ne pourra qu'à son retour juger du résultat de la vente totale et vous présenter un aperçu complet du succès de l'entreprise. Au reste, vous voyez, Madame, que tout ce qui se vend aujourd'hui est un profit net. Mais comme il est possible que les rentrées se fassent lentement, je crois que M. Henrichs a l'intention de proposer, à son retour, à M. de Surville de lui acheter sa moitié de l'édition, dont alors il sera facile d'estimer la valeur, et je pense que cela vaudra mieux pour l'un et pour l'autre. M. de Surville aura l'avantage de toucher plutôt son argent, M. Henrichs de faire un léger profit de plus, et tous deux celui de se mettre hors de comptes.

Puisque vous me le demandez avec tant de bonté, Madame, je vous parlerai maintenant de mes intérêts. La petite édition de Clotilde est achevée et j'en ai vu ce matin le premier exemplaire broché. Elle est entièrement conforme à la première, aux adoucissemens près que j'ai eu soin de faire dans la préface aux passages dont M. de Surville n'avoit pas été content. Nous allons la mettre en vente, et la modicité du prix (les exemplaires en papier commun ne coûteront que 48 s.) nous fait espérer un heureux débit. Si vous désirez, Madame, quelques-uns de ces exemplaires pour vos amis, ayez la bonté de m'en donner la note, et ils seront expédiés très-exactement.

Depuis ma dernière lettre, un M. Fayolle a attaqué l'authenticité des *Poésies de Clotilde* dans le *Courrier des Spectacles*. Il a fait deux objections : l'une, qui porte sur la traduction de Sapho, ne

signifie rien ; mais la seconde a quelque importance : il s'agit de
l'aventure de Justine de Lévis, des vers italiens qu'elle écrivoit sur
ses tablettes, et des vers françois qui en sont la traduction dans le
récit de Colamor. Les vers italiens sont connus pour être du Gua-
rini, et l'anecdote a été mise sur le compte de Milton, pendant
qu'il voyageoit en Italie. J'aurai beaucoup de peine à répondre. Je
connoissois d'avance l'objection, mais je ne l'ai pas prévenue dans
ma préface, parce que j'en sentois le poids. J'aurois même supprimé cette anecdote, comme beaucoup d'autres, si M. de Surville
ne les avoit pas publiées à Lausanne. Les plaids-d'or m'ont toujours été fort suspects. Je répondrai pourtant, si cela devient nécessaire ; mais heureusement que le *Courrier des Spectacles* est
un journal peu répandu, M. Fayolle un homme fort obscur, et que
ses argumens n'ont guères frappé que quelques gens de lettres qui
étoient déjà fort incrédules. Je crois, au reste, que le pis-aller
sera d'avouer quelques additions aux plaids-d'or comme aux trois
fragmens d'épîtres.

Une nouvelle qui vous sera plus agréable, Madame, c'est que
M. de Villeneuve (de Toulouse), mon ancien camarade et ami de
feu M. de Surville, est dans ce moment à Paris. Nous avons beaucoup parlé de Clotilde. Il obtint dans le tems de M. de Surville
de prendre copie des mêmes manuscrits dont Mme de Polier a aussi
le double. Il a cette copie à Toulouse et m'a promis de me la faire
tenir dès que la fin d'un procès qu'il poursuit ici lui aura permis
de retourner dans ses foyers. Je ne sais s'il y aura quelque bon
usage à faire de ces papiers, mais nous serons sûrs au moins
d'avoir le travail complet de M. de Surville. Il faut finir : vous me
pardonnerez, Madame, la sécheresse de cette lettre qu'il a fallu
employer tout entière à parler d'affaires. J'espère qu'une autre
fois j'aurai plus d'espace à consacrer à l'expression des sentimens
que vous m'avez inspirés. Daignez les croire aussi vifs que sincères
et soyez persuadée que je fais tous les jours des vœux pour votre
bonheur ; personne assurément ne mérite mieux d'être heureux.
Je voudrois pouvoir au moins vous donner des consolations, et je
ne puis vous dire combien je regrette d'être privé de ce plaisir par
l'éloignement qui nous sépare. Agréez, Madame, l'assurance de ces
sentimens et mes respectueux hommages.   VANDERBOURG.

N° 24.   Vanderbourg à Mme de Surville.

Paris, 9 juillet 1804.

Vous êtes mille fois trop bonne, Madame, de ne m'avoir pas grondé bien fort d'un silence dont vous ne pouviez deviner les raisons, et dont vous aviez tout lieu d'être extrêmement mécontente. En revanche, malgré ces raisons dont je vais vous instruire, je me suis bien souvent grondé moi-même, et si votre indulgence me ménage, je ne me suis pas épargné. Ce n'est pas seulement le travail des *Archives littéraires* qui m'a empêché d'avoir l'honneur de vous écrire. J'ai d'abord attendu le retour de M. Henrichs. A peine est-il arrivé qu'il a eu un accès de goutte ; à peine remis, sa femme est accouchée, et, depuis qu'elle est mieux portante, la goutte a de nouveau attaqué son mari. Il est arrivé de là, d'abord, que l'embarras du journal est retombé sur moi presque tout entier, ensuite que je n'ai pu obtenir de M. Henrichs tous les éclaircissemens que je désirois avant de vous écrire. Quoiqu'il soit encore au lit, j'ai eu hier avec lui une conversation où nous sommes à peu près convenus de nos faits, et je vais maintenant répondre de mon mieux aux différens points de vos deux lettres.

Je ne vous dirai rien de satisfaisant sur le premier. M. Henrichs n'a pu rien apprendre à Leipzick sur votre jeune Allemand. On n'y connoît même pas le nom qu'il porte. A vous dire vrai, Madame, je crois que c'est un nom emprunté : *Gutermuth* en allemand veut dire *bon courage*, et puisqu'il n'est pas connu à Leipzick, il est assez naturel de penser que c'étoit plutôt la devise que le nom du jeune homme. Il est possible qu'il eût donné ordre à la poste de Leipzick de lui faire passer les lettres adressées sous ce nom, mais, au bout de quatre ou cinq ans, il est tout simple que personne ne s'en souvienne. Je suis très-fâché de ce triste résultat de nos recherches, car ce changement même paroîtroit indiquer que votre prisonnier étoit un jeune homme de famille.

J'espère que vous serez plus contente de ce que j'ai à vous annoncer au sujet de l'édition des poésies de Clotilde. M. Henrichs pense, ainsi que moi, que cette édition n'étant pas à beaucoup près épuisée, il doit vous convenir de faire un arrangement à présent, plutôt que d'attendre la fin de la vente, qui, la nouveauté passée, ne peut plus aller que lentement. Il est aussi plus commode pour lui de terminer tout d'un coup ses comptes. Or, voici les premières bases sur lesquelles vous pouvez vous déterminer. Les frais de cette édition montent à près de 4,000 francs. Le produit, lorsque tout aura été vendu et payé, monte à plus de neuf mille, resteroit donc environ 5,000 francs; mais là-dessus il faut défalquer les treizièmes exemplaires, ceux qu'on a été obligé de donner, et le droit de commission du libraire débitant, outre la remise. Il s'ensuit que le profit net, d'après un premier aperçu, ne monteroit qu'à 3,700 ou 3,800 francs, dont la moitié pour M. de Surville iroit de 17 à 1,800 livres. Voilà ce qu'il pourroit recueillir de cette première édition en attendant la fin de la vente et la rentrée des fonds, ce qui peut durer deux ans et peut-être plus, et en supposant qu'il n'y ait point de pertes par faillites de libraires, friponneries de correspondants et autres malheurs. M. Henrichs propose de courir seul ces risques et de payer sur-le-champ M. de Surville en billets à terme, s'il veut se contenter de 1,500 francs. Tout seroit alors fini pour cette édition et l'on feroit d'autres arrangemens pour la troisième quand on en auroit besoin; la seconde, qui est la petite que vous avez vue, restant selon vos intentions à mon profit. Cette proposition, Madame, me paroît fort raisonnable, et je crois que vous en jugerez de même lorsque je vous ferai passer le compte détaillé des frais et l'exposé du produit. Le premier libraire avec qui j'avois l'intention de traiter n'offroit que cinquante louis et vouloit la propriété tout entière ; au lieu qu'ici M. de Surville peut espérer, avant qu'il soit longtems, une nouvelle édition, sur laquelle il aura les mêmes droits. Voilà ce que je vous prie de lui communiquer de ma part, en m'excusant de ce que je ne réponds pas aujourd'hui à sa dernière lettre. J'aurai l'honneur de lui écrire en lui adressant le compte détaillé dont je parle, dès que la santé de M. Henrichs lui aura permis de le régler.

Je suis charmé, Madame, que vous ayez eu quelque plaisir à la lecture de nos *Archives*, et l'intérêt que vous prenez aux morceaux que j'y fournis me flatte beaucoup. Des noms qui vous ont effrayée, il n'en est qu'un véritablement alarmant, et c'est malgré moi qu'il se trouve sur la liste. C'est aussi ce qui fait que le mien ne s'y trouve pas. Ce n'est pourtant pas là le seul *philosophe* qui travaille à notre journal ; mais les autres sont gens de bonne compagnie. On pourra bien deviner dans leurs articles quelle est leur croyance, ou plutôt leur incrédulité, mais elle est généralement connue et jamais elle ne se montrera de manière à vous scandaliser. C'est dans cette confiance, Madame, que j'ai donné ordre de vous adresser les N°ˢ 5 et 6, et vous recevrez successivement les autres à condition que vous ne parlerez plus de payement. Puisque vous avez renoncé à tout profit sur les poésies de Clotilde, il faut bien que M. Henrichs et moi puissions vous prouver notre reconnoissance de quelque façon.

Ce que vous me dites de la petite édition de Clotilde et de celle des Amours épiques, me fait craindre qu'il n'y ait eu quelque méprise dans l'envoi. C'est Clotilde et non M. Parseval que vous auriez dû recevoir en beau papier et beaux caractères. Je m'en console cependant, puisque vous aviez déjà une Clotilde parée comme elle mérite de l'être, et que vous avez lu les *Amours épiques* avec tant de plaisir. L'auteur, qui est mon ami, sera sûrement très-flatté de votre suffrage. Il faut finir, Madame, en vous renouvelant les assurances de mon inviolable et respectueux attachement. — VANDERBOURG.

N° 25. — Vanderbourg à Mme de Surville.

Paris, 8 mars 1805.

Êtes-vous toujours, Madame, aussi bonne, aussi indulgente que par le passé ? J'ai besoin de le croire pour oser vous écrire après mon nouveau silence. Ce que je puis faire de mieux pour en obtenir le pardon, c'est de vous le demander bien humblement, en vous promettant de n'avoir plus de rechutes. Ce que j'ai de mieux à faire ensuite, c'est de vous témoigner ma reconnoissance du vif intérêt que vous m'avez marqué dans votre dernière lettre et de répondre aux questions que vous avez la bonté de m'adresser.

J'ai été privé si longtemps, par ma faute, du plaisir de vous écrire, que je ne sais plus ce que j'ai pu déjà vous mander sur mon mariage et mon nouvel état. Au risque de me répéter, je vous dirai donc, Madame, que la compagne que je me suis donnée est de la famille de Ravel d'Esclapon, fort connue en Provence ; qu'elle-même était chanoinesse ; que sa fortune, quoique bien réduite comme beaucoup d'autres, suffit à mon ambition ; qu'elle a perdu son père, mais qu'elle a encore sa mère avec laquelle nous vivons ; enfin, qu'elle a un frère marié en Franche-Comté. Voilà, pour ce qu'on peut appeler les circonstances extérieures de mon mariage.

Ce qui suit est le meilleur : ma femme n'est plus jeune, mais sa figure me plaît beaucoup ; son caractère fait mon bonheur ; son esprit est agréable et nous vivons dans l'union la plus parfaite.

Je ne quitterai point Paris, car c'est là que ma femme a sa fortune. Je ne quitterai pas non plus mes occupations littéraires, car, outre qu'elles me plaisent, elles ajoutent quelque chose à l'aisance dont nous jouissons. En un mot, il ne nous manque que de voir bientôt notre union féconde et, après cinq mois de mariage, il n'est pas temps de désespérer. Tels sont, Madame, les détails que vous avez désirés et que je vous donne avec la confiance que votre amitié les excusera.

J'ai vu M. de la Boissière à qui j'ai trouvé beaucoup d'esprit et d'instruction. Je l'ai vu moins que je n'aurois voulu, et je ne sais trop à quoi l'attribuer. La dernière fois qu'il me fit l'honneur de venir me voir (il étoit alors sur son départ), nous convînmes que je lui remettrois les billets de M. Henrichs pour M. de Surville et qu'il m'en donneroit un simple reçu. Deux mois se sont passés depuis, et je n'ai pas revu M. de la Boissière. Je vous avouerai que, d'après ce que m'ont dit de lui quelques personnes qui le connoissent, je crains presque qu'il se soit formalisé que j'aie, non pas exigé, mais accepté de sa part cette précaution. C'est, en effet, lui-même qui me l'a offerte ; mais s'il est aussi ombrageux qu'on me l'a dit, il auroit peut-être voulu que je l'eusse refusée.

Quoi qu'il en soit, je dois croire M. de la Boissière parti et j'ai entre les mains deux billets de M. Henrichs, à l'ordre de M. de Surville, de 750 fr. chacun, payables l'un en fructidor et l'autre en vendémiaire. J'aurois voulu que l'échéance fût moins éloignée, mais je n'ai pu faire mieux. Maintenant, Madame, je vous demande, ainsi qu'à M. de Surville, ce que je dois faire de ces billets. Mon avis seroit de vous les faire parvenir par la poste dans une lettre *chargée*, parce que vous trouveriez sans doute facilement à escompter chez vous des effets sur Paris, soit par le receveur du département, soit dans le commerce.

J'ai eu aussi l'honneur de faire connoissance avec un de vos proches parents, M. de Villeneuve, qui est venu à Paris solliciter une place que peut-être il n'a pas obtenue. Les détails qu'il m'a donnés sur votre habitation du Pradel et sur tout ce qui vous entoure m'ont vivement intéressé. Soyez bien persuadée, Madame, que, si vous faites des souhaits pour mon bonheur, je forme des vœux bien ar-

dents pour le vôtre, et que rien ne pourroit me faire plus de plaisir
que d'apprendre que vous êtes en effet aussi heureuse que vous le
méritez.

M. Henrichs est remis de la maladie dangereuse qu'il a essuyée,
mais la goutte, à laquelle il est fort sujet, le tourmente de tems en
tems. Vous devez maintenant avoir reçu les numéros des *Archives*
qui vous manquoient. Si cela n'étoit pas, ayez la bonté de me l'écrire
et je donnerai de nouveau l'ordre de vous les envoyer.

Veuillez bien, Madame, etc.   VANDERBOURG.

(A Madame de Surville, au Pradel, par Vil-
leneuve-de-Berg, département de l'Ardèche.)

N° 26. — Vanderbourg à Mme de Surville.

Paris, 3 mai 1805.

J'ai vu, Madame, par votre lettre du 22 mars, que vous connoissez à merveille vos parents et vos amis. Je crois avec vous que la
paresse seule empêchoit M. de la Boissière de venir prendre ma
commission pour vous. Il a paru enfin, lorsque je m'y attendois le
moins, au moment où, venant de recevoir votre lettre, je me décidois
à vous envoyer par la poste les billets de M. Henrichs. M. de la
Boissière s'en est chargé, et vous devez maintenant les avoir reçus,
quoiqu'il ne se soit pas acquitté de sa commission aussitôt qu'il auroit pu le faire. C'est ce dont j'ai été instruit par M. de Villeneuve,
qui, après deux visites inutiles, est parvenu, hier, à entrer chez
moi et m'a communiqué en partie une de vos lettres. J'espère que
le désir que vous y manifestez de pouvoir remettre à M. de Surville
ces billets à son arrivée a été rempli; car, quelle que soit la paresse
de M. de la B., il ne peut avoir tardé si longtems à vous voir.

Ne vous reprochez point, Madame, de m'avoir procuré seule la
connoissance de M. de Villeneuve. Il me surprit un matin par un de
ces accidents qui peuvent arriver aux portes les mieux gardées, et
s'annonça, non-seulement comme votre cousin, mais comme l'ami et
le camarade de mon frère, ayant servi dans le même régiment. Sa
visite fut longue comme celle de tous les oisifs; mais il a été plus
discret depuis: il n'est pas venu souvent, et m'a toujours laissé
quand il m'a vu en affaires. Je lui ai parlé des siennes. Il paroît lui-
même en présager à présent le mauvais succès, mais il ne m'a point
encore dit qu'il voulût retourner en province. Je le plains de tout

mon cœur; si j'en crois M. de la B., il achève d'épuiser, à Paris, ce qui lui restoit de ressources pécuniaires: malheureusement les ressources d'un autre genre me paroissent lui manquer. Ce qui pourroit m'intéresser à lui, Madame, c'est la manière dont il m'a parlé de vous. Il sent bien votre mérite, et toutes les fois que la conversation est tombée sur ce sujet, loin de trouver ses visites importunes, j'aurois voulu les prolonger.

Au reste, il me paroît qu'il vous a donné une idée un peu exagérée de ma réclusion littéraire. Elle est aussi sévère, il est vrai, à la fin de chaque mois, tems où je rédige la *Gazette* qui termine chaque numéro des *Archives*, mais en tout autre tems, je suis accessible pour tous mes amis. Me direz-vous que c'est fort peu? J'en conviendrai, mais on n'auroit pas un moment de libre à Paris, si l'on ouvroit sa porte aux simples connoissances.

A propos des *Archives*, ayez la bonté, Madame, de m'envoyer la note des numéros qui vous manquent, afin que je vous les fasse expédier. Si vous voulez être abonnée pour l'année courante, je crois que vous ne pouvez mieux vous adresser qu'au bureau de la poste de Villeneuve-de-Berg. Il me semble, autant que ma qualité de rédacteur me le permet d'en juger, que cette année-ci vaudra mieux que la première.

Vous voilà donc, Madame, entourée d'ouvriers et faisant bâtir. J'approuve fort le projet de maintenir et de réparer l'habitation de ses pères. J'approuve encore davantage votre résolution de ne pas quitter la vôtre dans ses vieux jours. Mais un peu égoïste comme M. de la B. et comme les gens de lettres dont je suis le confrère indigne, je ne puis m'empêcher de souhaiter qu'à toutes ces bonnes résolutions puisse s'allier le projet d'un voyage à Paris. Libre du malheureux état de garçon, je pourrois avoir l'honneur de vous recevoir dans mon petit ménage, et cet honneur me feroit le plus grand plaisir. Permettez-moi, Madame, de nourrir cette espérance. Personne encore n'a su m'inspirer, par un simple commerce de lettres, autant d'estime et d'attachement que je vous en ai voué pour la vie.   Vanderbourg.

P.-S. — Dites, je vous prie, mille choses de ma part à M. de Surville et à M. de la Boissière. M. de Villeneuve doit vous écrire aujourd'hui.

(*A Madame de Surville, au Pradel, par Villeneuve-de-Berg, département de l'Ardèche.*)

N° 27. — Vanderbourg à Mme de Surville.

Paris, 21 octobre 1805.

Sans posséder les talens qui appartiennent au véritable homme de lettres, vous voyez, Madame, que j'ai quelques-uns de leurs défauts et surtout celui d'être fort inexact dans ma correspondance. Mais, enfin, il faut compatir aux défauts de ses amis, et je suis tout fier de prendre auprès de vous ce titre que votre dernière lettre m'a donné. Cependant, en la relisant, cette lettre si obligeante, je me trouve encore plus coupable de n'y avoir pas répondu plus tôt; il faut, comme j'ai déjà fait, que j'aie recours à votre indulgence et que je la rende plus facile en atténuant mes torts.

La vérité est, Madame, que je voulois vous écrire il y a plus de deux mois; mais, l'échéance du premier billet de M. Henrichs approchant, je voulus attendre qu'il l'eût acquitté pour vous en donner la nouvelle. Cela ne souffrit point, en effet, la moindre difficulté; mais, peu de jours après, les affaires publiques et particulières s'embrouillèrent, s'embarrassèrent, et j'eus quelque sujet de craindre que le second billet, payable le 15 vendémiaire, ne fût pas aussi heureux. J'attendis encore, et vous savez ce qui est arrivé. La banque de France a cessé d'escompter les billets des négocians et de rembourser les siens à bureaux ouverts; la défiance et la cupidité s'en sont mêlées; j'ai eu un moment de la plus vive inquiétude; mais, enfin, le second billet a été remboursé, et Madame Henrichs a dû vous l'écrire. Aujourd'hui, la confiance commence à renaître, et, ce qui me fait surtout plaisir, c'est que l'affaire des poésies de Clotilde soit arrivée au dernier terme de son dénouement sans malencontre, malgré les difficultés du tems.

Je ne sais si j'aurai aussi bien réussi pour l'envoi des *Archives*? Au moins ce ne sera pas faute d'en avoir parlé et de l'avoir recommandé. Malheureusement, la librairie d'Henrichs a aussi ses défauts mêlés à de bonnes qualités. Les expéditions s'y font souvent avec négligence; on y fait trop de choses à la fois, ou l'on a trop peu de travailleurs pour les faire exactement. Je passe volontiers sur tout cela pour mon compte; mais je me fâche quand je vois mes amis en souffrir.

Vous ai-je parlé, Madame, d'un M. de Villeneuve (du Languedoc), mon ancien camarade de la marine et ami de feu M. de Surville?

12

Il étoit à Paris, il y a dix-huit mois, et depuis son retour en province il m'a fait passer divers morceaux copiés de sa propre main ou de celle de M. de Surville et attribués à Clotilde; mais je vous avouerai que je les crois tous supposés. Tout me prouve qu'en cela M. de Surville ressembloit à beaucoup d'autres à qui l'appétit vient en mangeant; qu'il n'avoit réellement emporté de France que très-peu de pièces originales de Clotilde, et qu'il a voulu y suppléer de son propre fonds. Il paroît que tel sera le dernier résultat des recherches faites en Ecosse d'une manière officielle sur l'authenticité des poèmes d'Ossian. Ceux que Macpherson publia d'abord n'étoient, il est vrai, qu'une mosaïque, mais dont les pièces de rapport étoient du moins originales, au lieu que les derniers poèmes qu'il fit imprimer paroissent aujourd'hui lui appartenir uniquement. Je ne cesse pourtant pas de penser à Clotilde. J'achète tous les vieux poètes que je rencontre, mais sans en trouver qu'on puisse lui comparer, soit pour les pensées, soit pour la correction de la versification et du style. Le sentiment seul soutient ma foi, mais en admettant que les œuvres de la muse de l'Ardèche ont été soigneusement retouchées.

Adieu, Madame, j'espère toujours que quelque hasard heureux me rapprochera de vous et me procurera l'honneur de faire personnellement votre connoissance. On a vu et on voit tous les jours arriver des évènements plus invraisemblables. Mais dussé-je être privé de cet avantage, l'attachement respectueux que je vous ai voué pour la vie n'en conservera pas moins toute sa vivacité.

VANDERBOURG.

P.-S. — Voudrez-vous bien vous charger, Madame, de mes complimens pour M. de Surville, et de me rappeler au souvenir de M. de la Boissière? M. de Villeneuve n'a passé chez moi qu'une fois depuis plusieurs mois, et j'étois absent. J'ignore s'il a mis plus de modération dans ses espérances.

(A Madame de Surville, au Pradel, près Villeneuve-de-Berg, département de l'Ardèche.)

Nº 28. — Lettre du marquis de Surville à sa femme, la veille de sa mort.

(Original autographe appartenant à M. de Watré ([1]).)

> Du cachot du secret, prisons du Puy-en-Velay, ce
> je ne sais trop quel quantième d'octobre 1798,
> veille de ma mort.

Peut-être ne me restera-t-il point assez de jour, ma chère amie, pour te tracer ici mes derniers adieux. Je te quitte pour jamais, et je te quitte à la fleur de mon âge. J'aurais voulu pouvoir honorer ma vie par des actions dignes de mes ayeux et de la cause auguste que j'ai trop en vain soutenue : honore du moins par tes regrets la mémoire de celui que tu devais mieux connaître, et qui te consacre ses derniers instants. Va chercher dans les bras d'un époux plus heureux (mais non pas plus digne de ta tendresse) un bonheur que la fatalité de ma destinée t'a ravi presque incessamment dans les miens.

Fais part à mes chères sœurs de l'évènement que je t'annonce ; essaie de les consoler par la manière noble et vraiment française dont je vais payer mon dernier tribut. J'ose espérer que ce baptême de sang lavera les tâches *(sic)* par trop multipliées dont je me suis souillé durant près de quarante ans de vie ; crois pourtant que j'ai quelques droits à la miséricorde de mon créateur. Jamais je ne fus méchant ; je ne peux me reprocher que des omissions plus ou moins coupables, et l'oubli trop fréquent de mes devoirs n'a pu corrompre ni les principes de ma morale ni ceux-là même de ma foi. Ne laisse point ignorer à mes jeunes petits-neveux que ma fin a répondu parfaitement à ma vie, c'est-à-dire que je me suis endormi du long somme entre les bras de l'honneur et de la vertu ([2]).

« Je ne peux te dire maintenant où j'ai laissé quelques manuscrits (de ma propre main) relatifs aux œuvres immortelles de Clotilde, que je voulais donner au public ; ils te seront remis quelque

---

([1]) Cette belle lettre, dont Vanderbourg n'a cité que quelques fragments dans sa préface, a été imprimée complètement par moi, et pour la première fois, dans le *Journal de l'Instruction publique*, nº du 28 mars 1863, t. xxxii, p. 236.

([2]) La partie entre guillemets était la seule connue, et la seule qui eût été imprimée par Vanderbourg dans sa préface.

jour par des mains amies à qui je les ai spécialement recommandés (¹). Je te prie d'en communiquer quelque chose à des gens de
lettres capables de les apprécier, et d'en faire d'après cela l'usage
que te dictera ta sagesse. Fais en sorte au moins que ces fruits de
mes recherches ne soient pas totalement perdus pour la postérité,
surtout pour l'honneur de ma famille, dont mon frère reste l'unique
et dernier soutien. »

Veille, si tu le peux, enfin, sur le bonheur de ce frère que je
laisse avec tant de regret, et qui dût *(sic)* faire la consolation des
jours qui me restaient à vivre. Si j'avais un conseil à te donner, ce
serait de l'épouser, quoique vous soyez à peu de chose près du
même âge. Il est sans contredit l'être le plus vertueux, le plus noble et le plus solidement pensant que je connaisse au monde ;
toute l'armée, tous les honnêtes gens, ceux-là même qui ne l'ont
vu qu'un instant, t'en rendront un pareil témoignage ; et puis, qui
le connaît mieux que toi ?

Tu trouveras en lui tout ce qui me manquait à moi-même, et tu
sais s'il réunit le peu de bonnes qualités que l'on estimait en moi.
Du reste, ce conseil est une consolation que je me donne, et qui
ne peut en aucune manière ni te gêner ni t'offenser.

Fais-lui mes derniers adieux, et dis-lui surtout qu'il était l'un
des objets principaux qui m'attachaient encore à la vie. Dis à ma
sœur (Madame de Charnève) qu'elle recueille le peu d'effets qui
m'ont appartenu dans les divers endroits où ils se trouvent, et
qu'elle les réunisse avec soin pour les remettre à mon frère en temps
et lieu. Si, d'après mes sollicitations, elle m'avait fait quelques en-
vois, soit à Lyon, soit ailleurs (comme *de mon portrait*, etc., etc.),
qu'elle les redemande aux personnes à qui elle les avait adressés,
et on les lui fera repasser fidèlement. Je voudrais que ce *portrait*,
spécialement, ne te quittât jamais qu'à la mort, ma chère amie, et
je meurs avec cet agréable espoir (²).

(¹) Il s'agit évidemment ici de Mᵐᵉ de Chabanolle, dépositaire de
ces manuscrits, mais que M. de Surville ne pouvait désigner, puisque c'était chez elle, au Puy, qu'il avait trouvé un asile, et que, en
vertu des lois de la Convention, non encore abrogées, elle aurait en-
couru la peine de mort pour avoir reçu un émigré.

(²) Ce portrait, représentant M. de Surville, très-jeune, en costume
d'officier, au moment où il était parti pour la guerre d'Amérique, appartient à la famille de Watré, à Grenoble.

Il me reste à te recommander de faire honneur à quelques dettes que j'ai contractées, même dans cet affreux séjour, et c'est par là que je commence. M. Lassaigne, lieutenant de la gendarmerie au Puy, m'a témoigné de la bienveillance et m'a prêté dix écus (trente livres) en argent sonnant; hâte-toi de les lui rendre. J'ignore le nom des personnes charitables qui m'ont nourri pendant deux mois; mais la respectable sœur de la Charité qui nous a porté nos vivres te le fera connaître aisément. Le concierge de la prison m'a fait aussi quelques petites avances que je te prie d'acquitter. Tu sais où j'ai passé quelques mois de l'année 1796; en retirant les livres que j'y ai laissés, fais également honneur aux dettes indispensables que j'y ai contractées. Mais borne-toi à recommander à mon frère les objets suivants :

J'avais un domestique que j'ai laissé forcément en Amérique, d'où je ne sache pas qu'il soit revenu. J'en ai demandé plusieurs fois des nouvelles à son père, nommé Basset, maréchal-ferrant d'un faubourg de Caen en Normandie, toujours en vain. Il revenait à cet enfant environ *six louis* de ses gages, cotte mal taillée, plutôt moins que plus.

Beaujolais et moi nous laissâmes un billet de *trois louis* (sur une créance active de Beaujolais) au nommé Simon, métayer d'Argenteau, pays de Liége. Il y a toute apparence que M. de Stapleton, de Nantes, créancier de Beaujolais, n'a point acquitté ce billet.

L'honnête Chavary, hôte de mon frère à Ath, en Hainaut, me fit faire des chemises, ainsi qu'à Beaujolais, et nous fournit quelques autres objets de nécessité première; je n'ai point été à portée de solder son compte, auquel on doit ajouter foi sans restriction.

Il doit exister à Meysse, près Rochemaure, un jeune homme nommé Roury, frère d'un autre Roury, soldat au régiment, que je vis périr sous mes yeux en Amérique. Le cadet étant à Marseille, à mon retour d'outre-mer, je ne pus alors lui payer *cinq louis* appartenant à son frère défunt; cet objet doit être acquitté très-sévèrement.

Quant à ce qui regarde les affaires de feu mon ami Bragelongue, je te proteste que je n'ai rien touché de ce que tu sais, ni M. Bosil de Sugny non plus; je mets le tout sur la conscience de tes correspondants d'Amiens; mais il serait bien temps de remplir les engagements sacrés que nous impose la mémoire de celui que j'ai tant aimé.

Enfin, recueillis *(sic)* tout ce que ta mémoire ou d'autres renseignements peuvent te procurer de connaissance sur les petites créan-
ces que je pourrais avoir contractées sciemment ou sans le savoir,
et songe que je ne meurs en paix que dans l'assurance que j'ai de
ton attention.

Adieu, adieu donc, chère âme de ma vie; je ne verse point de
larmes en te quittant, mais crois que mon âme est cruellement op-
pressée. Prie toujours pour ton époux! Songe à celui qui t'aimera
jusqu'à sa dernière heure! Reçois mes derniers embrassements!
Que ton père, ta mère, mes sœurs et Charnève, ainsi que leurs enfants, les partagent! Crois que je vécus pour t'aimer uniquement!
Au nom de ta vertu, donne toujours des pleurs à ma mémoire!
Adieu!   Surville.

P.-S. Pardon; dans la situation gênée où je suis, j'oublie quelque chose, et ce n'est pas étonnant: informe-toi si le sieur Linotte
fils, rue des Carmes, à Liége, chez lequel j'ai resté, n'a pas quelque
chose à réclamer de moi... Finalement, tâche de ne laisser même
aucun doute en arrière... Mais, Bragelongue! Ah! souviens-t'en!

Je voudrais être plus gai dans ma dernière épître; mais le moyen?
Cependant, crois que ma belle humeur ne m'a point abandonné dans
cette maudite cage; j'y ai conservé tout ce que j'eus jamais de pré-
sence d'esprit et de tranquillité. Je ne puis entrer dans aucun détail
sur ce qui concerne ce dernier jour de ma vie: mais la voix publique
t'apprendra que mon sang-froid et mon courage ont répondu parfaitement aux preuves que j'en ai donné *(sic)* de tout temps. Je me
suis montré digne d'avoir combattu sous les drapeaux de l'honneur
pendant ma trop courte carrière, et je laisse au moins un bel exemple à suivre aux compagnons de mon infortune et de ma captivité.

Demain matin, j'irai porter mon corps et ma tête où je n'eusse
pas dû les laisser; mais ainsi l'ordonne la Providence! Ainsi le veut
celui qui peut tout! Un champ de bataille m'aurait beaucoup mieux
convenu, je l'avoue; mais qui peut obtenir tout ce qu'il désirerait?...
Le défaut de jour me coupe le sifflet ou plutôt m'arrête la plume.
Ce griffonnage ne vaut pas les beaux essais de ma main; il faut
pourtant t'en contenter, ma belle amie!... Demain je ne saurais en
faire autant... Adieu! Que pourrais-je te dire encore?

N° 29. — Extraits inédits du poème intitulé *l'Année*, par le marquis de Brazais.

(Originaux autographes appartenant à M. le vicomte de Roquefeuil [1].)

I.

..... Hélas! l'astre descend vers sa couche pompeuse ;
Il fuit, et sa lumière, oblique et vaporeuse,
Irradiant encor le pin mobile et noir,
Dore de feux mourants les frais tableaux du soir ;
Les teintes par degrés expirent à la vue.
Partout le laboureur, dételant sa charrue,
Laisse jusqu'à demain ses sillons imparfaits
Et le soc suspendu dans le flanc des guerets ;
Les grands troupeaux de bœufs, quittant les pâturages,
D'un pas lent et tardif regagnent les villages,
Et des jeunes bergers les folâtres pipeaux,
Chantent la fin du jour que suit un doux repos ;
Partout, de vols légers rasant la plaine ombreuse,
Chante au bord des sillons la perdrix amoureuse ;
Tout sourit de bonheur, tout : et de monts en monts,
L'écho roule gaîment des cris ou des chansons !
Règne, délicieuse et divine soirée !
Oh! de paix et d'amour mon âme est enivrée !
O mes amis, comment les soins noirs et rêveurs
Pourraient-ils désormais pénétrer dans nos cœurs,
Quand des plus beaux reflets la nature gazée
S'exhale en doux parfums, distille la rosée ?
Quand le coucou, frappant l'écho lointain des monts,
D'un chant mâle et sonore applaudit les vallons ;
Quand l'Alcyon plaintif enchante le rivage,
Quand les longs bêlements retournent au village,
Quand le soir n'est qu'un hymne et que de tous côtés
Un calme souriant convie aux voluptés ?.....

(Le Printemps, v. 612 et suiv.)

_____

[1] Voir p. 73.

II.

..... Ah! que, d'un triple airain, enveloppant son âme,
Le nautonier des mers brise l'errante lame,
Et courtier de Thétis, cherche, pour nous vètir,
Les tissus chamarrés de la pourpre de Tyr!
De l'oblique plaideur que l'oreille profane
Se colle aux bancs criards où hurle la chicane!
Que l'avare, en tremblant, des yeux couve son or!
Qu'un large sabre au poing, les fils de Mars encor
D'une cocarde esclave ornent leur tète altière!
Qu'enfin, le meurtrier, fuyant l'ombre d'un frère,
S'en aille, à travers l'onde, hélas! pleurant son sort,
De son cœur bourrelé secouer le remords,
Et que l'infortuné, cachant sa main rougie,
Sous un autre soleil cherche une autre patrie!
Heureux! ô trop heureux le simple laboureur
Si, riche des vrais biens, il sentait son bonheur!
Ah! s'il n'habite point ce palais magnifique
Où s'arrondit en voûte un superbe portique,
Et dont l'aube, à grand bruit, voit le seuil fastueux
Vomir d'un monde épais les flots tumultueux;
Si d'écuelles de bois sa cabane est meublée,
Si jamais des Bourbons l'écharpe dérouillée
Sous les riches éclairs d'un nœud de diamants
N'a d'un sillon d'azur coupé ses vètements,
La nature lui reste: il a pour son partage
L'air épuré, les eaux, les zéphirs et l'ombrage;
Il a de doux loisirs, et, dans le frais Tempé,
Des grottes où la mousse élève un canapé;
Là, son œil voit errer les taureaux qui mugissent;
Là, de légers sommeils mollement l'assoupissent;
Qu'importent, dans son sort, les fureurs des humains
Et des États croulants les contrecoups lointains?
Ces révolutions menacent peu sa tète;
Inattentif et calme, au fond de sa retraite,
La sécurité suit cette profonde paix,
Et son destin obscur ne le trompe jamais!.....

                                    (L'Été, v. 926...)

III.

..... Allons chasser encor le plus friand des mets :
Doré d'un beau plumage et nourri de genêts,
Le râle, aux seconds foins, descend dans la prairie
De la verte marouette ordinaire patrie ;
Dans l'herbage ondoyant, hâtant ses pieds marins,
Et d'un dédale humide entr'ouvrant les chemins,
L'oiseau, d'un pied léger, fuit, refuit, et se lasse
Devant le chien pressant qui le suit à la trace ;
Enfin, l'enfant des joncs, à vos regards surpris.
S'élève, en chancelant, de ses marais chéris ;
De son vol indolent la flottante mollesse
Irrite du chasseur l'impatiente adresse ;
Soudain, le plomb suit l'œil qui lui dicte la mort
Et du râle envolé brise le mol effort.....

(L'Automne, v. 540...)

IV.

L'hiver, d'épais glaçons la tête hérissée,
Précipitant sur nous sa colère insensée
Accourt : il bat nos toits qu'il brise avec fracas,
Et des neiges qu'il crache on voit blanchir Atlas.
Sous l'aride aquilon dont les souffles s'irritent,
Les pins échevelés en murmurant s'agitent :
Noire forêt de pins où flotte mon cercueil,
Vous secouez sur moi l'épouvante et le deuil !
Les oiseaux sont muets ; de l'expirante année
L'homme écoute en tremblant la ruine ordonnée ;
O ma lyre ! accordée au bruit des ouragans
Dans un rauque unisson, laisse gronder tes chants...

(L'Hiver, début...)

N° 30. — Deux pièces de Clotilde et deux pièces de Voltaire [1].

L'auteur des trois remarquables articles sur les œuvres de Clotilde publiés dans la *Décade philosophique*, en 1803, et M. Sainte-

---

[1] Voir pp. 14 et 80.

Beuve dans la seconde édition de son *Tableau de la poésie française* (p. 494 et 495, notes), ont beaucoup insisté sur les ressemblances qu'offrent deux des pièces publiées par Vanderbourg avec deux des poésies les plus spirituelles et les plus célèbres de Voltaire, *les Tu et les Vous,* et le conte des *Trois Manières.*

Entre les stances de Rosalyre à Coridon tirées du *Chastel d'Amour* (OEuvres de Clotilde, p. 199), et la charmante pièce de Voltaire (OEuvres complètes, édit. Didot, 1859, t. II, p. 605), je ne puis saisir qu'une très-lointaine ressemblance. Dans Clotilde, c'est une femme qui se plaint avec pleurs de l'abandon de son amant devenu grand seigneur; dans Voltaire, c'est le poète qui plaisante Madame de Gouvernet devenue grande dame. Les seuls traits communs, c'est que les deux poètes passent du *tu* au *vous* et réciproquement, quoique d'une manière beaucoup moins accentuée dans Clotilde, et qu'ils rappellent l'ancien temps et les anciens plaisirs dans des termes analogues.

Dans Clotilde, Rosalyre s'écrie :

> Coridon, qu'az faict de la foy
> Qu'au mien ton cœur avait jurée ?
> Laz ! n'est donc soubvenir en toy
> Sous une tagette empourprée ?

Puis, après quelques souvenirs rappelés sur le même ton :

> Viens çà, l'amy ! n'attends demain !...
> Ah ! pardon, Seigneur !... je m'esgare.
> Tant, comme icy, l'œil ne la main
> N'ont veuz ny touchié rien de rare !
> Qu'un bayzer doibt avoir d'appas
> Cœilly dans ce palais superbe !
> Mais il ne te soubvient donc pas
> De ceulx-là que pregnions sur l'herbe ?

Voilà l'esquisse ; voici le chef-d'œuvre :

> Non, Madame, tous ces tapis
> Qu'a tissus la Savonnerie,
> Ceux que les Persans ont ourdis,
> Et toute votre orfévrerie,
> Vos vases japonais et blancs .
> Toutes ces fragiles merveilles;

> Ces deux lustres de diamants
> Qui pendent à vos deux oreilles,
> Ces riches carcans, ces colliers
> Et cette pompe enchanteresse,
> Ne valent pas un des baisers
> Que tu donnais dans ta jeunesse.

Entre les *Trois plaids d'Or* de Clotilde (p. 135), et les *Trois Manières* de Voltaire (II, p. 700), les ressemblances sont plus nombreuses et plus incontestables.

Dans l'une et l'autre pièce, il s'agit d'une question d'amour à trancher : dans l'une et l'autre, le premier amant s'appelle Lygdamon, et Lygdamon ne peut obtenir la main de celle qu'il aime. Seulement, dans Clotilde, c'est lui qui parle, tandis que, dans Voltaire, c'est l'amante, et, en outre, le motif du refus est différent chez les deux poètes : le père d'Eglé, dans Voltaire, veut un gendre peintre ; le père de Lygdamon, dans Clotilde, veut une bru guerrière ; mais, enfin, la conclusion est la même et l'imitation incontestable.

Chez l'un et l'autre poète, le mètre varie dans les trois récits, et le caractère enjoué attribué au jeune Tylphis dans Clotilde est analogue à celui que Voltaire attribue à son héroïne Téone ; l'aventure est la même, sauf que, dans Voltaire, il s'agit d'un vieux satrape, et, dans Clotilde, d'un vieux baron. Mais la conclusion est presque identique. Dans Clotilde :

> Se destinez, comme l'entends,
> O Dames, qu'oyez mon histoire,
> Prix à qui plus fist pour la gloire,
> L'emporte Ismène, n'y prétends.
> Beau certes avoir l'accolade !
> Ainz plus me duist mon doulx lien
> Qu'à Lygdamon mourante œillade.
> Tant seur, après tout, n'est du sien ;
> Car est Ismène encor malade,
> Et ma Chloé se porte bien.

Dans Voltaire :

> Parce qu'il a su plus faire
> Que le bel esprit Lygdamon,

> Et que j'aurais fort à me plaindre
> S'il n'avait songé qu'à me peindre
> Et qu'à me faire une chanson.

Mais il y a dans Clotilde de charmants détails que nous ne trouvons pas dans Voltaire, notamment :

> Seyoient ici mamans, en tages violettes,
> Sévères, sans pitié, plaignantes du vieulx temps :
> Grognoient; ains, par meschief, toujours grognoient seulettes.

Colamor dans Clotilde, Apamis dans Voltaire, emploient un vers intermédiaire, le vers élégiaque de dix syllabes, et les deux auteurs en préviennent le lecteur :

> Là, contant sans destour, ces mètres employa
> Par qui doulce élégie aultre fois larmoya,
> Et qu'en France despuis, sur les rives du Rosne,
> A Puytendre Apollo pour Justine octroya.   (*Clotilde.*)

Dans Voltaire :

> Apamis raconta ses malheureux amours
> En mètres qui n'étaient ni trop longs ni trop courts.
> Dix syllabes par vers mollement arrangées,
> Se suivaient avec art et semblaient négligées.
> Le rhythme en est facile, il est mélodieux :
> L'hexamètre est plus beau, mais parfois ennuyeux.

Les rapprochements et les ressemblances ne s'arrêtent pas là. Dans l'une et l'autre pièce, la troisième histoire est triste et n'a pas l'intérêt des deux premières. Enfin les deux poètes ignorent également qui remporta le prix dans ce tournoi ou cette cour d'amour :

> Ne sçay pourtant d'amour quelle emporta le prix,

dit Clotilde ; et Voltaire :

> J'ignore, et j'en suis bien marri,
> Quel est le vainqueur qu'ils nommèrent.

Il est donc impossible de révoquer en doute que ces deux morceaux poétiques ont été composés l'un sur l'autre. Mais quel est l'original? Quelle est la copie ou, pour parler plus exactement, l'imitation? M. Ste-Beuve n'hésite pas; je suis bien tenté de ne pas hésiter non plus, mais en sens contraire. Voltaire, à ce que je

crois, a procédé ici, comme ailleurs, à la manière de La Fontaine
qui empruntait, tout le monde le sait aujourd'hui, une foule de su-
jets à des poètes oubliés du xvie et du xve siècle, et même à des
poètes antérieurs, Marie de France notamment. Voltaire ne s'est
pas fait scrupule de l'imiter, et je crois qu'il en est ainsi dans la
circonstance qui nous occupe. La question serait tranchée, si l'on
retrouvait cette lettre de Voltaire à Desmahis que j'ai citée plus
haut (p. 78) d'après la copie du marquis de Brazais. A la rigueur
même, on peut s'en passer ; Voltaire n'a-t-il pas fait lui-même
l'aveu de son emprunt dans les vers suivants qui terminent ce joli
conte, et que se sont bien gardés de reproduire ceux qui l'ont
considéré, non comme une imitation, mais comme un original :

> Au coin du feu, mes chers amis,
> C'est pour vous seuls que *je transcris*
> *Ces contes tirés d'un vieux sage?*

N° 31. — Lettre de Vanderbourg à M. de Surville jeune.

(D'après l'autographe communiqué par M. Gondureau.)

Paris, ce 25 décembre 1822.

Je m'empresse de vous annoncer, Monsieur, que je viens de terminer, avec le libraire Nepveu, l'affaire relative aux *poésies de
Clotilde*, comme nous en étions convenus l'été dernier. Je lui ai
cédé, en votre nom comme au mien, la propriété du volume que je
publiai, il y a plus de vingt ans, avec les changements et corrections
que je pouvois faire dans la préface et les commentaires, le tout
pour une somme de quinze cents francs que je toucherai dans l'espace d'environ dix-huit mois. J'ai promis aussi de lui remettre les
poésies inédites qui m'ont été adressées sous le nom de Clotilde,
et qu'il m'a promis à son tour de ne pas publier, étant persuadé,
comme moi, qu'elles ne sont pas de votre aïeule. Mais il est bien
aise de les avoir entre les mains dans le cas où un autre libraire voudroit les imprimer ; car vous savez, comme moi, que la facilité de
Monsieur votre frère en avoit multiplié les copies. Quant au manuscrit élégant qui fut rédigé près de Liége, et qui a servi de texte à
la première édition, j'aurai le plaisir de vous l'adresser, comme
vous m'avez paru le désirer, lorsque l'édition que M. Nepveu a l'in-

tention de mettre sous presse aura paru ; j'aurai également l'honneur de vous faire parvenir un exemplaire de cette nouvelle édition.

Ce sera pour moi une nouvelle occasion de vous réitérer l'assurance de la haute estime et du sincère attachement avec lesquels j'ai l'honneur d'être, Monsieur, etc.   VANDERBOURG.

(*A Monsieur le marquis de Surville, chev[r]*
de Saint-Louis, etc., au Bourg-St-Andéol
(Ardèche).)

N° 32. — Lettre de Vanderbourg à M. de Surville jeune.

(D'après l'autographe communiqué par M. Gondureau.)

Sans date (août ou septembre 1824, époque
où M. de Surville fit un voyage à Paris).

Voici, Monsieur, la lettre dont j'eus l'honneur de vous parler hier. Elle est plus ancienne que je ne croyois, mais il n'y a guère que deux ans qu'elle m'a été remise par M. l'abbé Pagès, dont vous trouverez le nom au dos de la lettre. J'ignore si M. de Ribier est encore employé à la Préfecture de la Haute-Loire. Vous serez plus à portée que moi de prendre à ce sujet tous les renseignements nécessaires et de juger si les papiers dont il parle peuvent vous intéresser, et s'il en est qui méritent d'être mis sous les yeux du public. J'aurois désiré vous remettre cette lettre moi-même, mais je n'ai pas eu le bonheur de vous rencontrer chez vous. Agréez, je vous prie, l'expression de mes regrets, et veuillez bien la faire agréer aussi à Madame de Surville, à qui je présente l'hommage de mes respects.

(*A Monsieur le marquis de Surville, rue*
Ste-Anne, n° 75, hôtel des Ambassadeurs.)

VANDERBOURG.

N° 33. — Le château de Vallon et les traditions.

La question que nous venons de discuter serait tranchée et le problème résolu depuis longtemps, si, au lieu des manuscrits de M. de Surville, Vanderbourg avait pu se procurer quelques lignes de la main de Clotilde. Mais, comme il le dit brièvement dans sa préface, et comme il s'en plaint à plus d'une reprise dans la curieuse correspondance qui précède, toutes ses recherches à cet

égard ont été absolument stériles. De là des doutes élevés sur l'existence même de Clotilde, qu'il est, en effet, impossible de démontrer par des témoignages écrits, positifs, incontestables. Les membres de la famille de Surville eux-mêmes ne possèdent rien à ce
sujet, mais pour une raison trop concluante. Comme Vanderbourg
l'a raconté dans sa préface (p. xv et xvi), et comme me l'a confirmé
M. de Bernardi, la vieille mère du marquis de Surville, arrêtée par
les ordres du comité révolutionnaire de Viviers, en 1793, racheta
sa vie et celle de ses deux filles détenues avec elle, en livrant tous
ses papiers de famille, même les plus étrangers à la féodalité, même
ceux qui concernaient exclusivement l'état civil de ses enfants, et
le tout fut solennellement brûlé. C'est ainsi, pour emprunter les
expressions de Vanderbourg, que périrent les derniers restes de
Clotilde, et très-vraisemblablement les manuscrits, soit de la main
de Clotilde elle-même, soit de celle de Jeanne de Vallon, sur lesquels le marquis de Surville avait déjà travaillé avant son exil, et
sur lesquels il continua de travailler pendant son émigration.

Mais le souvenir de Clotilde n'a pas disparu et ne s'est pas éteint
dans le curieux et pittoresque pays qu'elle habitait. Près de la rive
gauche de l'Ardèche, un peu au-dessus du confluent de cette rivière
avec le ruisseau de l'Ibie, en face de Salavas, s'élèvent les deux
villages du Vieux et du Nouveau-Vallon; le premier, pauvre ha-
meau de trois ou quatre vieilles maisons, groupées au pied du roc
qui porte les ruines du château qu'habitait Clotilde et que l'on
appelle le Chastellaz; le second, petite ville de 2,700 habitants.
Tous ces sites si pittoresques, toute cette vallée si curieuse de l'Ardèche avec ses roches basaltiques et son pont naturel, ont été
très-bien décrits par M. Albert du Boys dans un ouvrage que j'ai
déjà cité (¹); et ils sont le théâtre d'un roman historique de M. Eugène Villard, ancien sous-préfet, une des meilleures imitations qui
aient été faites en France du genre littéraire créé par Walter-Scott,
exalté outre mesure, il y a quelques années, trop déprécié aujour-
d'hui (²).

(¹) *Album du Vivarais*, in-4° avec vues lithographiées, 1843, p. 210-
219. — Voir aussi M. l'abbé Rouchier, *Histoire du Vivarais*, t. 1ᵉʳ,
p. 438 et suiv., et M. Ollier de Marichard, dans son mémoire déjà in-
diqué (ci-dessus, p. 116, note 2).

(²) *Clotilde de Vallon-Chalys* (Clotilde de Surville), in-12 ; Paris,
Hachette, 1858.

Dans leur zèle chevaleresque en faveur de Clotilde et de sa famille, quelques habitants du pays ont même prétendu retrouver le tombeau de Bérenger, de cet époux auquel Clotilde adressait de si beaux vers, tombeau qui, suivant eux, serait placé devant l'église de la commune de Vesseaux, à 40 ou 45 kilomètres au nord de Vallon, entre Vals et Privas. M. A. du Boys lui-même s'est rangé à cette opinion, et a même transcrit la prétendue épitaphe de Bérenger de Surville (¹). Cette épitaphe, où, malgré toute la bonne volonté possible, je ne pouvais découvrir rien qui ressemblât de près ou de loin au nom de Bérenger de Surville, me semblait très suspecte, et sur ma demande, M. de Watré s'est adressé à un vénérable ecclésiastique qui, dans une lettre que j'ai sous les yeux, a détruit tout cet échafaudage. Il existe bien à Vesseaux, sur un tronçon de pierre tumulaire enchâssé dans le mur au-dessus de la porte de l'église paroissiale, joli monument du XIIᵉ siècle, remanié au XVᵉ, une inscription en caractères de cette dernière époque, en fort mauvais latin, mais dans laquelle il n'est nullement question d'aucun personnage historique quelconque. C'est vouloir ruiner les meilleures causes que d'avoir recours à de semblables arguments.

Mais voici quelque chose de mieux, de plus concluant, de plus décisif. Dans deux lettres adressées à M. de Watré, à un an d'intervalle, et dont la seconde est du mois de novembre 1864, l'auteur du roman historique dont je parlais tout à l'heure, M. Eugène Villard, qui habite Vallon depuis plusieurs années et qui est tout dévoué à la gloire de Clotilde, affirme qu'un des plus honorables habitants de Vallon, M. Peschaire-Florian, décédé en 1863 à plus de quatre-vingts ans, lui disait avoir, dans sa jeunesse, entendu une de ses vieilles tantes lui chanter des rondeaux et des ballades attribués par elle à une dame de Vallon, du nom de Clotilde de Surville, et M. Ollier de Marichard, dans une note déjà citée, confirme cette tradition. Or, ceci remonte, on le voit, aux dernières années du XVIIIᵉ siècle, et ces faits se passaient avant qu'il fût question de la publication de Vanderbourg, et même peut-être avant que rien eût transpiré des découvertes et des remaniements du marquis de Surville. Ce serait donc, même en l'absence de témoignages positifs, un excès de scepticisme que de nier l'existence de Clotilde. Le château de Vallon, ses ruines le démontrent, remonte à une époque

_____

(¹) *Album du Vivarais*, notes, p. 267.

reculée du moyen âge; la famille qui l'occupait était ancienne et puissante; à cette famille, d'après les documents que possédait le marquis de Surville, mais qui ont péri, appartenaient Clotilde au xv° siècle, Jeanne de Vallon au xvii°, l'une ayant écrit, l'autre ayant arrangé et modifié des vers d'un mérite incontestable. Ces vers, dans tous les cas, ne sont l'œuvre ni du marquis de Surville, très-capable de les modifier à son tour, mais incapable de les composer, ni de Vanderbourg, qui n'en a été que l'éditeur désintéressé. Les manuscrits qui les contenaient ont été vus, avant les modifications que M. de Surville leur faisait subir, par son frère, par M. de Fournas, par le marquis de Brazais. Sous quelque point de vue, par conséquent, que l'on envisage la question, la conclusion est toujours la même : il a existé, au xv° siècle, dans le Vivarais, dans le département actuel de l'Ardèche, une femme poète d'un rare mérite, Clotilde de Vallon, épouse de Bérenger de Surville; ses vers ont été modifiés, corrigés, gâtés, embellis, au xvii° siècle, par une de ses descendantes, Jeanne de Vallon, et, à la fin du xviii°, par le marquis de Surville aidé de Madame de Polier et du marquis de Brazais. Nous n'avons donc pas l'œuvre primitive; ce que nous en possédons est, suivant la très-heureuse et très-juste expression d'un critique déjà cité, *un excellent tableau original retouché par des mains habiles.* C'est là, j'en suis de plus en plus convaincu, le dernier mot de la question.

TABLE

DEUXIÈME PARTIE.

Pièces justificatives.

ERRATA.

P. 27, l. 15, au lieu de : *jusement*, lisez : *judgement*.

P. 184, l. 23, au lieu de : *dérouillée*, lisez : *déroulée*.

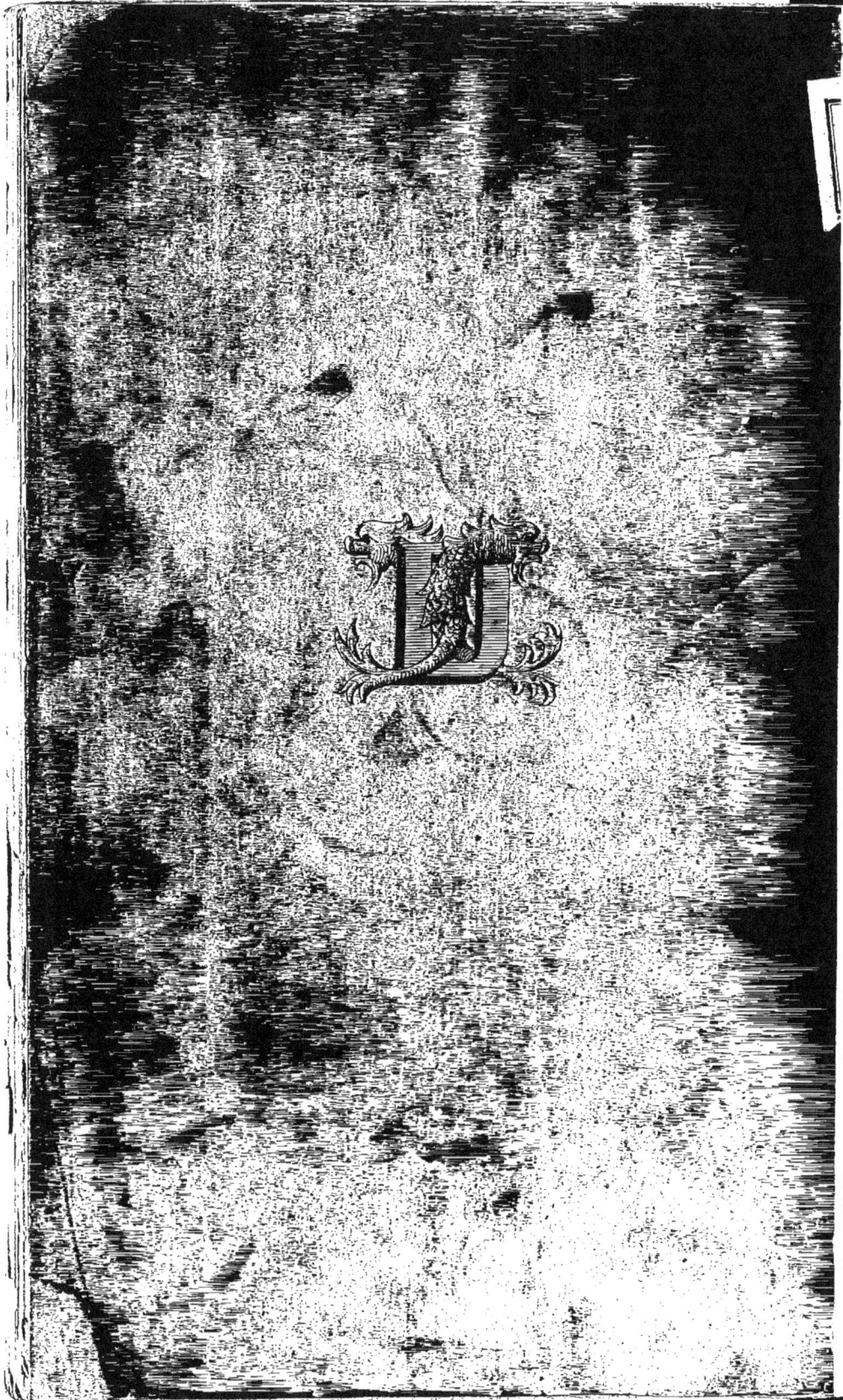

www.ingramcontent.com/pod-product-compliance
Lightning Source LLC
Chambersburg PA
CBHW051822020726
47502CB00005B/1579